Mel Wallis de Vries

Ich sehe was, was du nicht siehst

Weitere Titel der Autorin:

Da waren's nur noch zwei
Schnick, schnack, tot
Mädchen versenken
Mädchen, Mädchen, tot bist du
Wer sich umdreht oder lacht …

Über die Autorin:

Mel Wallis de Vries, geboren 1973, ist in den Niederlanden
DIE Autorin für Psychothriller im Jugendbuch. Ihre Titel finden sich regelmäßig auf den Bestsellerlisten wieder und werden
von Jugendlichen wie Erwachsenen gerne gelesen, wie die verschiedenen Preise beweisen, mit denen die Bücher der Autorin
ausgezeichnet wurden.

Mel Wallis de Vries

ICH SEHE WAS,
WAS DU NICHT SIEHST

Übersetzung aus dem Niederländischen von Verena Kiefer

Dieser Titel ist auch als E-Book erschienen

Titel der niederländischen Originalausgabe:
»Shock«

Für die Originalausgabe:
Copyright © 2014 by Mel Wallis de Vries

Für die deutschsprachige Ausgabe:
Copyright © 2020 by Bastei Lübbe AG, Schanzenstraße 6 – 20, 51063 Köln

Vervielfältigungen dieses Werkes für das Text- und Data-Mining bleiben vorbehalten.

Umschlaggestaltung: Cornelia Niere, München
Einbandmotiv: © Cornelia Niere, München
Satz: 3w+p GmbH, Rimpar (www.3wplusp.de)
Gesetzt aus der Franklin Gothic
Druck und Einband: GGP Media GmbH, Pößneck

Printed in Germany
ISBN 978-3-8466-0097-9

5 4 3

Sie finden uns im Internet unter one-verlag.de
Bitte beachten Sie auch luebbe.de

Für Bas
»Familie ist wichtig!«

Mädchen nach Schulfest vermisst
Von unserem Korrespondenten

AMSTERDAM – Die Polizei in Amsterdam sucht nach der 16-jährigen Emma Timmers. Emma wurde am Donnerstag, dem 20. Dezember, auf einer Weihnachtsfeier ihrer Schule, dem Amsterdams Lyceum am Valeriusplein, zum letzten Mal gesehen. Seither fehlt von ihr jede Spur.

Vermutlich hat sie das Fest gegen 01:00 Uhr verlassen, ist jedoch nie zu Hause angekommen. Die Polizei hält die Situation für »besorgniserregend«, denn die Jacke des Mädchens wurde an der Nieuwe Achtergracht gefunden. Taucher haben nach dem Mädchen gesucht, bislang jedoch vergeblich.
»Wir müssen von einem Unfall oder einem Verbrechen ausgehen«, so ein Sprecher der Polizei.
Emmas Handy ist seit Freitagabend ausgeschaltet.

Emma Timmers ist 1,68 m groß, von zierlicher Statur und hat langes dunkelblondes Haar. Am Abend ihres Verschwindens trug sie ein verwaschenes graues Top mit Pailletten, eine eng anliegende dunkelblaue Jeans und halbhohe schwarze Stiefel. Emma ist außerdem an einem goldfarbenen Armband mit einem herzförmigen Anhänger zu erkennen, und einem großen goldenen Ring in Form einer Raute, den sie am rechten Zeigefinger trägt.

Wenn Sie Emma gesehen haben, nehmen Sie bitte Kontakt mit der Polizei in Amsterdam unter der Telefonnummer 0900 – 8844 auf.
Möchten Sie lieber anonym bleiben, wählen Sie die 0800 – 7000.

23.12.18
DAS IST DOCH MAL WAS! AUFMACHER IN DER ZEITUNG!
DAS IST DAS LETZTE MAL, DASS JEMAND SIE SEHEN WIRD!
EMMA TIMMERS IST VERGANGENHEIT.

Emma

Ich träume.

Ich liege auf dem Boden eines kalten dunklen Raums. Es ist feucht und muffig, als käme nie frische Luft herein. Etwas in mir sagt, ich solle aufstehen und machen, dass ich hier wegkomme, aber mein Körper gehorcht mir nicht. Meine Arme und Beine tun so weh, als wären sie gebrochen.

Hilflos bleibe ich liegen. Ich weiß nicht, was ich machen soll. Meine Gedanken kleben aneinander wie Leim. Vielleicht hört dieser Albtraum auf, wenn ich die Augen schließe – wache ich dann in einem anderen Traum auf? Einem schönen Traum?

Die Augenlider fallen mir zu. Ich höre, wie mein Herz auf dem Steinboden pocht, immer langsamer, langsamer, langsamer. Ich schwebe von mir weg, weg von dem Schmerz, unerreichbar weit weg.

Aber es ist noch jemand in diesem Raum. Ich spüre es daran, wie sich die Luft neben mir verändert.

Ich muss die Augen öffnen. *Komm schon, Emma, mach sie auf.* Aber meine Augenlider sind so schwer, ich bin so müde.

Ein unterdrücktes Hüsteln.

Mit Mühe bekomme ich die Augen auf. Die Schatten an der Wand bewegen sich, verschwommen und verformt. Eine schemenhafte Gestalt löst sich von der Wand, als wäre sie schon die ganze Zeit dort gewesen und hätte mich beobachtet.

Passiert das gerade wirklich?

Geräuschlos bewegt sich die Gestalt auf mich zu. Ich sehe sie groß und dann wieder klein. Scharf und unscharf. Ich weiß nicht, ob ich Angst oder Erleichterung empfinden soll.

»Hilf mir!«, will ich rufen, aber meine Lippen wollen sich nicht bewegen.

Schweigend stellt sich der Schemen neben mich. Wir schauen uns an. Sein Gesicht ist im Schatten verborgen.

Die Angst gewinnt die Oberhand. Ich spüre, wie eine Träne über meine Wange rollt, wie sie über meine Haut rinnt und auf den Boden tropft. Warm und kalt. Weich und hart.

Alles fühlt sich so echt an. Zu echt.

Ich kneife die Augen fest zusammen. Was ich nicht sehe, gibt es nicht. Das ist alles nur ein Traum.

Eine Hand streicht über meinen Arm. Kalt. Noch kälter als Eis.

Ich fange an zu zittern.

Finger bewegen sich tastend über meinen Körper, als suchten sie etwas. Die Kälte durchdringt meine Haut, bis in die Knochen, und entzieht mir alle Wärme und Energie.

Minutenlang knetet die Hand meine Haut, bis ich nicht mehr weiß, wer ich bin.

Und dann zieht sich die Hand zurück. Ich höre, wie die Schattengestalt aufsteht und weggeht.

Die Kälte schwindet aus meinem Körper, die Angst jedoch nicht.

Es ist nur ein Traum, rede ich mir ein. Gleich wirst du wach, und alles ist wieder normal.

Donnerstag, 4. Juli 2019

Lilly

Ich hätte diesen Urlaub absagen sollen. Schon seit dem Aufstehen habe ich das Gefühl, weinen zu müssen. Die Tränen stehen schon so weit oben, dass ich sie kaum zurückhalten kann. In einer Viertelstunde fährt der Bus ab, morgen früh sind wir in Südfrankreich. Und in einer Woche sind wir wieder zurück. Aber irgendwie fühlt es sich an, als würde ich nie wiederkommen.

Stell dich nicht so an, Lilly, sagt eine Stimme in meinem Kopf. Du fährst nach Frankreich, nicht ans Ende der Welt.

Ich schaue zu Mabel, Anouk und Bo. Sie stehen vor dem Bus und lachen über irgendeinen blöden Witz, den Bo gerade erzählt hat. Der Blick in ihren Augen ist ausgelassen. Fröhlich. Warum bin ich nicht so wie sie? Warum mache ich es mir immer so schwer?

»Überraschung!«, sagt Bo. »Guckt mal, was ich für uns besorgt habe!«

Ich sehe, wie sie vier rosafarbene Caps aus ihrer Tasche zieht. Unsere Namen sind in Schwarz aufgestickt.

»Das ist ja superlieb von dir«, sagt Mabel.

»Witzig«, brummt Anouk.

Sie schauen zu mir.

»Ooooooh, wirklich todschick, Bo«, sage ich, mein Gesicht

11

starr vor zurückgehaltenen Tränen. Mir ist völlig klar, dass ich mich zum Affen mache mit dem Ding auf dem Kopf.

»Tausend Dank«, sagt Bo und grinst. »Es hat mich einen ganzen Tag gekostet, das zu regeln. Aber sie sind es wert.« Sie verteilt die Kappen.

Mit Grauen sehe ich, wie Mabel, Anouk und Bo die Caps gleich aufsetzen. Ich weiß, dass ich nicht kneifen kann. Also schließe ich mich ihnen an und würde am liebsten vor lauter Elend im Boden versinken.

»Foto!«, ruft Bo.

»Soll ich eins von euch machen?«, fragt meine Mutter.

Sie hat darauf bestanden, mich zum Bus zu bringen. »Du glaubst doch wohl nicht, dass ich dich mit deinem schweren Koffer auf dem Rad fahren lasse?«, hatte sie gesagt. »Und ich will mich davon überzeugen, dass du sicher in diesem Bus sitzt. Ich habe nur eine Tochter!«

Dankbar hatte ich ihr Angebot angenommen. Aber vielleicht hätte ich doch allein gehen sollen. Dieser Abschied zieht sich wie ein Pflaster, das man ganz langsam abzieht. Und ich weiß, dass der schmerzlichste Teil noch kommt.

Mabel lächelt meine Mutter höflich an. »Das wäre sehr freundlich von Ihnen, Frau van Rijssel. Sie können meine Kamera nehmen.«

Sie öffnet den Reißverschluss einer schwarzen Tasche und reicht meiner Mutter eine große, fast professionell aussehende Kamera.

»Wow.« Bo pfeift. »Wie kommst du denn an dieses Profi-Teil?«

»Na, von meinen Eltern. Ein Geschenk für den Urlaub.«

»Natürlich«, sagt Bo mit sarkastischem Unterton. »Ich habe

auch etwas von meinen Eltern bekommen: eine Warnung, keine Dummheiten zu machen.«

Mabel tut so, als hätte sie Bos Bemerkung nicht gehört. »Sie müssen nur auf diese schwarze Taste drücken, sie steht auf vollautomatisch«, sagt sie zu meiner Mutter.

»Okay.« Meine Mutter nickt.

Bo und Anouk haken sich bei mir unter. Mabel stellt sich neben Anouk.

»Ich zähle bis drei, und dann rufen wir alle ganz laut: *Go Camping!*«, sagt Bo.

»Seid ihr bereit?«, fragt meine Mutter.

»Ja!«, ruft Bo.

Ich sehe, wie meine Mutter ihren Finger auf die schwarze Taste legt, wie die anderen Reisenden zu uns hinüberschauen. Ich höre, wie Bo bis drei zählt.

»Goooo Caaaaampiiiiiing!«, rufen alle.

Ich schließe die Augen.

Klick.

»Hat's funktioniert?«, fragt Mabel.

»Ich denke schon«, sagt meine Mutter zögernd. »Soll ich sicherheitshalber noch eins machen? Das ist vielleicht …«

»Nein«, schneidet Bo meiner Mutter das Wort ab. »Wir müssen los.«

Meine Mutter gibt Mabel die Kamera zurück und umarmt mich. »Schreibst du mir ab und zu?«

»Ja«, murmele ich.

»Und bist du auch vorsichtig? Ihr habt so eine schlimme Zeit hinter euch mit Emma. Manchmal habe ich Angst, dass … Na ja, du verstehst schon, was ich meine. Passt gut auf euch auf.«

»Ja«, sage ich noch einmal. Ich bin unangenehm nah dran,

meine Tränen nicht mehr zurückhalten zu können. Am liebsten würde ich mit meiner Mutter wieder nach Hause fahren.

»Lilly, jetzt mach mal voran«, höre ich Bo rufen. »Mabel und Anouk sitzen schon im Bus.«

»Ich komme schon«, sage ich mit rauer Stimme. »Tschüss, Mama.«

»Tschüss, Liebes.«

Sie zieht mich noch näher an sich und wiegt mich hin und her. In den Armen meiner Mutter fühle ich mich für einen Moment wie ein Baby, doch dann lässt sie mich los.

Aus dem Augenwinkel sehe ich, dass Bo die Augen verdreht, wodurch ich mich noch elender fühle.

»Geh nur«, sagt meine Mutter lächelnd.

Ich will nicht.

Ich schlucke die Worte runter und steige hinter Bo in den Bus.

Bo setzt sich neben Mabel, und ich rutsche auf den freien Platz neben Anouk. Durch das Fenster sehe ich meine Mutter, eine unbewegliche Puppe. Sie hat die Hände über dem Bauch gefaltet. Das macht sie immer, wenn sie irgendein Problem hat. Ich weiß, dass sie für mich die Starke spielt, und wieder kämpfe ich gegen die aufsteigenden Tränen.

Die Bustür schließt sich, und brummend erwacht der Motor.

»*Yes!* Endlich, wir fahren!«, ruft Bo.

Anouk bekreuzigt sich. »Für eine sichere Reise«, murmelt sie. »Auf dass uns alle guten Geister begleiten.«

»Amen«, sagt Mabel und grinst.

Ich schaue hinaus. Der Arm meiner Mutter schwenkt wie ein Scheibenwischer hin und her. Dann malt sie mit den Händen ein Herz in die Luft. *Ich liebe dich.*

Ich mache die gleiche Geste auf der anderen Fensterseite.

»Jetzt hör doch mal auf mit dem albernen Getue«, schnaubt Bo. »Wie alt bist du denn? Acht?« Sie rutscht tiefer in ihren Sitz. »Mit so einer Mutter wird man doch irre!«

»Hör auf«, sage ich leise. Wie immer, wenn ich wütend werde, ist es, als würde mir jemand die Kehle zudrücken. Ich kann einfach nicht streiten. Ich hasse Streit.

Der Bus verlässt den Parkbereich und fährt Richtung Amstelveenseweg. Meine Mutter wird schnell kleiner. Ich sehe, wie sie mir Kusshände zuwirft. Dann biegen wir links ab, und sie verschwindet.

Ich starre auf meine Hände. Ich will nicht, dass Bo, Mabel und Anouk mich weinen sehen.

Bo

Glaubt Lilly wirklich, dass ich nicht sehe, wie sie heult? Echt armselig.

Genervt wende ich mich ab. Meine Eltern waren heute Morgen schon auf dem Weg zur Arbeit, als ich aufgestanden bin. Sie hatten nicht mal einen Zettel oder eine Nachricht hinterlassen, um mir einen schönen Urlaub zu wünschen. Wahrscheinlich kommen sie heute Abend nach Hause, mit meinen beiden Schwestern, die sie vom Bahnhof abgeholt haben, und merken immer noch nicht, dass ich weg bin.

Ich beiße mir auf die Lippe. *Scheiß drauf.* Vielleicht gehe ich nie wieder nach Hause.

»Wer will was trinken?«, frage ich, während ich aufstehe und meine Tasche aus der Gepäckablage nehme. »Ich habe Cola light, Fanta und … das da.«

Hinter der Stuhllehne halte ich einen schwarzen Flachmann hoch, damit die anderen Leute im Bus ihn nicht sehen können.

»Wodka«, flüstere ich und grinse.

»Bo«, zischt Mabel. »Steck's weg. Auf der Weihnachtsfeier hätten sie dich auch fast erwischt.«

Die Weihnachtsfeier … Für eine Sekunde erstarre ich. Warum fängt sie denn jetzt davon an?

»Ich habe wirklich keinen Bock auf Stress. Wer weiß, nachher werfen sie uns noch aus dem Bus, nur weil du unbedingt wieder trinken musst«, sagt Mabel. »Ich nehme lieber eine normale Cola. Ohne Wodka.«

Mein Körper entspannt sich wieder. Siehst du, kein Problem.

»Hier, fang.« Absichtlich ein wenig zu fest werfe ich ihr eine Coladose zu. »Und für dich, Anouk?«

»Ich trinke Kamillentee«, antwortet sie und hält eine Thermoskanne hoch.

»Ah, Kamillentee, lecker.« Ich lächele und denke: Hexe. »Was willst du trinken, Lilly?«, frage ich dann.

Keine Antwort. Sie starrt auf ihre Hände.

»LILLY!«

Erschrocken schaut sie mich an, mit dicken roten Augen. Sie sieht aus wie eine Kröte.

»Was willst du trinken?«, wiederhole ich. »Fanta? Cola?«

»Hast ... hast du auch koffeinfreie Cola?«, fragt sie leise. »Ich vertrage das Koffein nicht so gut, davon kriege ich rote Flecken.«

»Nein, ich habe nur Cola light. Kauf dir das Zeug beim nächsten Mal doch einfach selbst.«

Sie zuckt ein wenig hilflos mit den Schultern. »I-ich trinke einfach Wasser, danke!«

Seltsames Wesen. Sie ist wie ein Schmetterling, geht mir durch den Kopf. Schön und elegant, wenn die Sonne scheint, aber zu zart, wenn es regnet. Lilly ist die Einzige von uns, die nach Emmas Verschwinden Beruhigungspillen bekommen hat. *Emma* ... Manchmal denke ich, dass Lilly nie darüber hinweggekommen ist. Eigentlich sind wir alle ...

»Prost!«, unterbricht Mabels Stimme meine Gedanken.

»Hä?« Erstaunt schaue ich sie an.

»Auf den Urlaub«, sagt sie lächelnd.

Schnell schütte ich einen kräftigen Schuss Wodka in meine Coladose. »Cheers!«

Mit wenigen Schlucken leere ich die Dose. Ein gewaltiger Rülpser entwischt mir.

»Ups!«, sage ich und feixe. »Das macht man aber nicht.«

»Muss das sein?«, fragt Mabel missbilligend.

Ich empfinde eine Mischung aus Ärger und Wut. Für wen hält die sich eigentlich? Mabel ist manchmal so ein Snob mit ihren teuren Klamotten, perfekt geschnittenen honigblonden Haaren und ihrem beknackten Tonfall.

Ich rülpse noch einmal. »Sorry, hast du was gesagt? Ich hatte was im Ohr.«

Kopfschüttelnd schaut Mabel in die andere Richtung. »Wahrscheinlich deine letzte Hirnzelle«, murmelt sie.

»Haha, sehr witzig, bestimmt nicht.« Ich ziehe die *Girlz* aus meiner Tasche. »Aber jetzt lese ich mit meiner letzten Hirnzelle mein Horoskop: ›Löwe, 22. Juli bis 22. August. Es wird romantisch! Jemand verdreht dir völlig den Kopf. Dieser *Boy* bringt dich zum Schreien. Zeig ihm, wie schön du ihn findest und streichele seine Mähne. Das könnte der beste Urlaub aller Zeiten werden! Du bist heißer als heiß diesen Sommer, Löwe!‹ Das klingt doch ganz nach mir«, sage ich und wedele triumphierend mit der Zeitschrift.

»Das klingt nach hohler Scheiße«, höhnt Anouk. »Den Unsinn glaubst du doch wohl selbst nicht! Bei der Redaktion arbeiten nun wirklich keine Astrologen. Wahrscheinlich saugen die sich alles bloß aus den Fingern.«

»Oh, wie dumm, das hatte ich doch glatt vergessen. Wir machen Urlaub mit Miss Medium!« Ich tue so, als würde ich mir vor die Stirn schlagen. »Wenn du über alles so gut Bescheid weißt, dann mach's doch selbst.«

»W-Was?« Anouk schaut mich erschrocken an.

»Du hast doch dieses paranormale Gen von deiner Mutter

geerbt, oder? Lass mal hören, was du uns für diesen Urlaub vorhersagst.«

»Richtig gute Idee, Bo!«, pflichtet Mabel mir bei. »Bitte, bitte, Noukie, machst du das? Wie vor zwei Jahren, das war so witzig damals!«

»Ich bin keine Wahrsagerin auf der Kirmes. Solche Sachen kann ich nicht auf Kommando«, sagt Anouk mürrisch.

»Sag einfach, was du spürst«, meint Mabel und lächelt. »Ist doch total egal, wenn es nicht stimmt.«

»Genau, ist total egal«, wiederhole ich zuckersüß. »Sonst können wir auch erst Gläserrücken machen? Das hattest du uns auch noch versprochen.«

»Hm.« Anouks Gesicht wird noch mürrischer.

»Bitte«, sagt Mabel noch einmal. »Bitte-bitte-bitte.«

Seufzend gibt Anouk nach. »Wenn ihr unbedingt wollt … Aber erwartet keine Wunder.«

»Ich erwarte gar nichts«, sage ich mit einem scheinheiligen Lächeln.

»Pssst.« Anouk schließt die Augen. »Ich muss mich konzentrieren.«

Sie bewegt die Hände durch die Luft, als würde sie etwas suchen. »Hier gibt es Dinge«, murmelt sie. »Sie kommen näher, und sie werden immer stärker.«

Plötzlich öffnet sie die Augen. Ich weiß nicht, wie sie das macht, aber ihr Blick ist glasig und abwesend, als wäre sie an einem Ort, wo wir nicht sind. Fast könnte ich an dieses Hokuspokus-Getue glauben. Fast, wenn sie nicht immer so einen Unsinn hervorkramen würde, von dem nie etwas stimmt.

»Ich kann für Mabel eine Aura der Liebe spüren.« Anouks Stimme klingt seltsam tief. »Sie wird einen jungen Mann treffen, in den sie sich verliebt. Aber durch die Aura verlaufen auch violette Streifen. Violett steht für Widerstand und Unverständnis.« Sie beißt sich auf die Lippe. »Und manchmal ist es auch die Farbe der Trauer.«

»Das wird ja heiter!«, rufe ich aus. »Mabel knutscht in den Ferien mit einer Leiche!«

»Haha, sehr nett«, sagt Mabel, aber dabei macht sie ein Gesicht, als fände sie es grässlich. »Ich entscheide schon selbst, wen ich küsse.«

Anouk tut so, als würde sie die beiden nicht hören. »Und für Bo«, fährt sie fort, »sehe ich eine braune Aura mit matten Flecken. Das kann auf Geldprobleme oder Stress hindeuten. Stimmt das?«

Ist das ihr Ernst? Ich warte auf eine Fortsetzung, aber die kommt nicht.

»Jaja«, seufze ich. »Ich habe ein Jahr lang für diesen Urlaub gespart, natürlich bin ich blank. Okay, die Nächste. Lilly.«

»Für Lilly spüre ich …« Anouks Stimme stockt. »Ich f-fühle …«

Plötzlich beginnt sie am ganzen Leib zu zittern. Ihre Augen verdrehen sich. »I-ich … i-ich …«

»Alles okay?«, fragt Lilly besorgt. »Anouk?«

Anouk schließt die Augen und atmet ein paarmal tief durch. Als sie die Augen öffnet, sieht sie wieder ganz normal aus.

»Ich, äh, ja …« Sie lächelt. »Deine Aura ist türkis mit silbernen Pünktchen. Das ist ein Hinweis auf eine besondere Begegnung.«

»Oh, echt?« Lilly macht ein verwirrtes Gesicht. »Mit wem denn?«

»Dazu kann ich nichts sagen«, meint Anouk und grinst. »Die Beratung ist vorbei. Ich schicke euch die Rechnung.«

20

Mabel und Lilly müssen lachen. Ich tue so, als würde ich mitlachen. Aber eigentlich betrachte ich Anouks Gesicht. Was zum Teufel ist da gerade passiert? Ob sie eben wirklich was bei Lilly gesehen hat?

Nein, Unsinn, das ist unmöglich, rede ich mir ein. Das war einfach gutes Theater.

Mabel

Bo trinkt ihre zweite Wodka-Cola, Anouk redet mit Lilly über die Interpretation von Aurafarben. Gut, niemand achtet mehr auf mich. Ich ändere meine Haltung ein wenig, damit ich mit dem Rücken zu Bo sitze, und ziehe mein iPhone aus der Wildledertasche von Marc Jacobs. Das ist ein Shopper aus der neuen Sommerkollektion, letzten Mittwoch zusammen mit meiner Mutter in der schicken P.C. Hooftstraat gekauft.

»Deine alte Tasche geht wirklich nicht mehr.« Ich kann die Stimme meiner Mutter im Kopf hören, abwertend und von oben herab. Sie hat nicht einmal mit der Wimper gezuckt, als sie die vierhundert Euro für meine neue Tasche bezahlte. »So kannst du dich wenigstens wieder blicken lassen«, meinte sie. »Du willst doch nicht wie eine Landstreicherin in den Urlaub fahren, oder?«

Für jeden anderen wäre das ein Scherz gewesen, für meine Mutter nicht. Manchmal fühle ich mich wie ein Weihnachtsbaum: Meine Mutter behängt mich mit Girlanden und Kugeln, damit sie nicht sehen muss, wer ich wirklich bin. Nach sechzehn Jahren sollte ich mich daran gewöhnt haben, aber es tut immer noch jedes Mal weh.

Pling.

Eine neue Nachricht auf meinem Handy. Vorsichtig spähe ich auf das Display, von wem sie ist. Sam! Mein Herz wummert, und meine Wangen werden knallrot, als hätte ich hohes Fieber. Schützend halte ich die andere Hand vor mein Handy, damit keiner mitlesen kann. Erst dann traue ich mich, die Nachricht zu öffnen.

> Wir sind füreinander bestimmt. Auch wenn du etwas anderes sagst. Love truly hurts.

Es ist, als käme die Welt mit einem Ruck zum Stehen und würde verschwinden. In meinem Kopf sammeln sich die Bilder vom Abend zuvor. Sams Küsse, warm, feucht und voller Verlangen. Unsere Zungen ineinander verschlungen, unser Geschmack in meinem Mund, Hände auf meinen Brüsten, zwischen meinen Beinen. Ich schob meine Hüften hoch. Sams Wärme in mir.

Das war so heftig, so überwältigend. Keuchend haben wir uns angesehen. Unsere Blicke führten ein ganzes Gespräch, erzählten sich alles Unausgesprochene. *Ich liebe dich. Schon seit dem ersten Kuss im Dezember. Es tut mir leid, dass ich dich danach nicht mehr sehen wollte. Aber ich konnte nicht anders, verstehst du das?*

Eng umschlungen sind wir eingeschlafen.

Als ich aufschreckte, war es dunkel und kalt. Sam schlief noch. Ich setzte mich mit dem seltsamen Gefühl auf, nicht mehr atmen zu können. Was war ich dumm gewesen!

Leise stand ich auf und schrieb mit zitternden Fingern einen Zettel:

Sorry, Sam. Das war ein Fehler. Ich kann dich nie wiedersehen.

Weinend bin ich danach davongerannt. Weg aus Sams Leben.

Ich blinzele. Die Bilder vom gestrigen Abend sind verschwunden. In der Spiegelung des Busfensters sehe ich mein

Gesicht. Es ist, als würde ich über der Autobahn schweben. Ein Kopf ohne Körper. Wie soll ich bloß diesen Urlaub überstehen?

Noch keine Spur von vermisstem Mädchen
Von unserem Korrespondenten

AMSTERDAM – Von der vermissten Emma Timmers (16) aus Amsterdam fehlt jede Spur. Seit Montag sucht die Polizei mit einem Sonderermittlungsteam nach dem Mädchen.

Timmers verschwand am Donnerstag, dem 20. Dezember, nach einem Schulfest des Amsterdam Lyceums. Laut Sjoerd de Boer, Hauptkommissar der Polizei Amterdam-Amstelland, ist ihr Verschwinden »sehr beunruhigend«.

»Wir rechnen mittlerweile ernsthaft mit einem schweren Verbrechen«, so de Boer.

Es ist vollkommen unklar, was mit dem Mädchen geschehen ist. Die Polizei ist noch immer auf der Suche nach Zeugen.

EIN SCHWERES VERBRECHEN ... ENDLICH FÄLLT DER GROSCHEN. KÖNNTE ICH DOCH NUR ALLEN ERZÄHLEN, WAS ICH GETAN HABE. ABER ICH MUSS WEITERMACHEN UND UNSICHTBAR BLEIBEN.

Emma

Ich werde wach.

Und sehe nichts.

Ich blinzele ein paarmal, und die absolute Dunkelheit verschwindet. Hoch über mir sehe ich einen grauen Fleck. Ein Fenster. Aber es sieht nicht so aus wie das Fenster in meinem Schlafzimmer. Das ist groß und viereckig. Dieses ist schmal und rechteckig, wie ein Briefkasten.

Wo bin ich?

Rasende Kopfschmerzen verhindern jeden klaren Gedanken.

Unter mir ertaste ich Stoff zwischen den Fingern und einen weichen federnden Untergrund. Ich liege auf einem Bett. Aber es riecht nicht sauber. Nicht wie zu Hause oder im Hotel. Es riecht wie in einer Umkleide, die zu lange nicht gelüftet wurde.

Oder wie in einem Keller tief unter der Erde.

Irgendwo in meinem Kopf treibt die Erinnerung an einen Traum nach oben. Eine schemenhafte Gestalt, die mich berührte und mir wehtat.

Kälte bis in meine Knochen.

Spinn nicht rum, das war ein Traum.

Und jetzt bist du wach.

Ja.

Ich setze mich auf. Eiskalte, fast gefrorene Luft streicht über meine Haut. Zitternd schlage ich die Arme um mich. Mir wird bewusst, dass ich nur ein T-Shirt und einen Slip trage.

Irgendwie fühlt sich das seltsam an, auch wenn ich auf einem Bett liege.

Meine Kopfschmerzen werden noch heftiger. Und im linken Oberarm ist ein dumpfer, ziehender Schmerz. Aber daran will ich gerade nicht denken. Konzentriere dich erst einmal auf die einfachen Dinge. Wo bist du? Wie sieht es hier aus?

Okay.

Vorsichtig schwinge ich die Beine über die Bettkante. Meine nackten Füße berühren einen alten verschlissenen Bodenbelag. Es fühlt sich ... normal an. Fast beruhigend. Behutsam lasse ich mich vom Bett gleiten. Meine Beine wackeln, und meine Muskeln tun weh, als hätte ich einen Marathon hinter mir.

Ich zwinge mich, ein paarmal tief ein- und auszuatmen.

Mit ausgestreckten Armen schiebe ich mich Schritt für Schritt durch das Dunkel – und stoße an eine Wand. Kalt und glatt wie Beton. Meine Hände tasten weiter. Ein Türrahmen aus Holz. Ich ertaste links in der Mitte eine Klinke.

Ich drücke sie hinunter, aber die Tür ist verschlossen.

Natürlich. Es ist so logisch, dass es mich nicht erschreckt. Ich empfinde eher eine vage Beruhigung.

Tastend und suchend schiebe ich mich weiter voran. Ein Tisch mit einer Lampe, die nicht funktioniert. Ein Stuhl. Ein Schränkchen. Noch eine verschlossene Tür. Und dann bin ich wieder zurück am Bett.

Es ist ein kleines Zimmer, und obwohl ich fast nichts sehe, kann ich es mir jetzt sehr deutlich vorstellen.

Ich starre zu dem grauen Fleck über mir. Ein Fenster, so hoch, dass ich nicht drankomme. Und selbst wenn ich drankäme, könnte ich nicht durchkriechen, so schmal ist es.

Plötzlich kann ich fast nicht mehr atmen. Ich habe das Gefühl, lebendig begraben zu sein und hier nie wieder herauszukommen.

»H-Hallo«, rufe ich in Panik.

Das Dunkel antwortet nicht.

»Hallo!«, schreie ich. »Hallo, hallo, hallo!«

Gespannt lausche ich.

Die Stille ist überwältigend, und ich bin ganz sicher, dass mich keiner hören kann. Ich bin hier ganz allein.

Irgendwie beruhigt mich das – aber es macht mir auch schreckliche Angst.

Erschöpft lasse ich mich auf das Bett fallen. Ich rolle mich zusammen wie ein Baby, die Knie bis zum Kinn hochgezogen, und weine mich in den Schlaf.

Freitag, 5. Juli 2019

Anouk

»Anouk.« Jemand flüstert meinen Namen.

Wo bin ich? Es ist Nacht. Und dunkel. Aber an den bizarren schwarzen Schatten um mich herum kann ich erkennen, dass ich in einem Wald bin.

»H-hallo?«, rufe ich.

Meine Stimme verschwindet in der Nacht. Es wird unnatürlich still. Kein einziger Laut ist zu hören, kein Windhauch regt sich. Es ist, als wäre ich das einzige lebende Wesen in diesem Wald. Aber ich weiß genau, dass ich nicht allein bin. Der Luftstrom um mich verändert sich kaum spürbar, als würde sich jemand neben mir bewegen.

»W-wer ist da?«, frage ich.

Ein Seufzer entweicht dem Wald. Ganz leise, fast nicht wahrnehmbar, kann ich hören, wie mein Name darin widerhallt. »Aaaaaaanouk.«

Meine Muskeln spannen sich an. Irgendetwas ist mit dieser Stimme, ich vertraue ihr nicht. Ich spähe in die Dunkelheit.

»H-hallo?«, rufe ich noch einmal.

»Anouk!« Die Stimme klingt jetzt lauter, fast ein wenig ungehalten.

Ich drehe mich um meine eigene Achse, um zu verstehen, woher die Laute genau kommen.

»Anouk! Anouk! Anouk!« Mein Name läuft Zickzack zwischen den Bäumen, kommt näher wie eine böse Schlange.

Das ist nicht gut! Meine Füße setzen sich in Bewegung. Erst langsam und zögerlich, dann immer schneller. Zweige schlagen mir ins Gesicht, meine Schulter schrammt gegen einen Baumstamm. Wie blind renne ich durch den pechschwarzen Wald. Ich muss mich in Sicherheit bringen. Diese Stimme …

Mein rechter Fuß bleibt an etwas hängen, und ich schlage mit einem lauten Krachen auf dem Boden auf. Alle Luft wird aus meiner Lunge gepresst. Ein paar Sekunden bleibe ich wie betäubt liegen.

Komm schon. Renn um dein Leben!

Ich rappele mich auf. Ein heftiger, stechender Schmerz schießt durch meinen rechten Fußknöchel. Schwindelig vor Schmerz lehne ich mich an einen Baumstamm.

»ANOUK!«

Ein schwarzer Schemen taucht vor mir auf.

»N-nein.« Ich presse meinen Rücken gegen den Stamm. »G-geh weg.«

Die Gestalt kommt näher. Stolpernd versuche ich wegzurennen, aber alle Kraft ist aus meinem Körper gewichen.

»Anouk!«, flüstert der Schatten fast zärtlich. Seine Hände sind überall auf meinem Körper, kalt und suchend.

»Nein!«, schreie ich.

Ich spüre, wie sich die Kälte überall ausbreitet. Mein Körper wird immer gefühlloser. *Ich sterbe.* Dieser Gedanke ist viel weniger beängstigend, als ich es mir je ausgemalt hätte. Ich schließe die Augen und lasse mich fallen.

Sekunden, Minuten, vielleicht sogar Stunden später reiße ich die Augen wieder auf. Alles ist verschwommen und trüb, als hätte ich Augentropfen bekommen. Ich blinzele ein paarmal. Der Schleier hebt sich. Autos rauschen an mir vorbei. Was ... Wie? Ich versuche zu begreifen, wo ich bin. Ganz langsam sortieren sich die Puzzleteile.

Ich sitze im Bus.

Auf dem Weg zu einem Campingplatz in Frankreich.

Zusammen mit Mabel, Bo und Lilly.

Es ist nichts passiert. Es war nur ein böser Traum.

Auf meiner Armbanduhr sehe ich, dass es sechs Uhr morgens ist. Lilly, Mabel und Bo schlafen noch. Mein Blick wandert nach draußen. Über den Bäumen sehe ich einen schmalen gelben Rand der aufgehenden Sonne. Das Gelb wird zu Orange und ergießt sich über die Baumwipfel. Ein Sonnenstrahl fällt in meine Augen, und ich kneife sie zusammen. Der Waldrand verändert sich in eine seltsame schwarze Silhouette. *Wie in meinem Traum.*

Gänsehaut überzieht meine Arme bis zum Nacken, wo sich die Haare aufstellen. Plötzlich habe ich das Gefühl, dass uns etwas oder jemand folgt und dass etwas Schlimmes geschehen wird. Schaudernd lege ich schützend die Arme um mich. Jetzt benimm dich nicht so bescheuert, denke ich. Sonst glaubst du bald noch selbst, dass du übersinnliche Fähigkeiten hast.

Meine Mutter kann wirklich die Zukunft vorhersagen und Kontakt zu Geistern aufnehmen. Menschen aus allen Teilen des Landes kommen für eine Deutung zu ihr. Auf ihrem Fachgebiet ist sie eine der Besten. Und sie ist immer davon ausgegangen, dass ihre Tochter diese Gabe ebenfalls hat. Aber die habe ich nicht. Es ist, als wäre ich ein Radio ohne Antenne. Ein Kind aus einer anderen Familie. Ich habe mich so geschämt, dass ich anfing, mir Sachen über Auren und prophezeiende Träume auszudenken. Manchmal sehe ich in den Au-

31

gen meiner Mutter einen nachdenklichen Blick, als würde sie meine Vorhersagen bezweifeln. Aber sie hat noch nie etwas dazu gesagt. Ich war schon oft kurz davor, ihr die Wahrheit zu erzählen, doch ich habe mich nie getraut.

Sie würde mich hassen.

Auf der anderen Seite des Fensters steigt die Sonne immer höher. Die Farbe des Himmels verändert sich von grau zu rosa zu blau. Neben mir stöhnt Lilly. Ich habe immer das Gefühl, ich müsse sie vor dem Bösen in der Welt beschützen. Der Bus geht in eine sanfte Rechtskurve, wodurch mein Schatten auf Lilly fällt. Alle Farbe verschwindet aus ihrem Gesicht. Plötzlich sieht sie kalt und tot aus.

Genau wie gestern beim Auralesen. Da dachte ich noch, es wäre Zufall …

Erschrocken stoße ich einen Schrei aus.

Lilly

Von ganz weit weg höre ich ein Geräusch. Lasst mich schlafen, denke ich. Aber es ist, als hätte das Geräusch eine Dominoreihe in Gang gesetzt, die nicht mehr zu stoppen ist. Innerhalb weniger Sekunden bin ich hellwach, öffne die Augen und starre geradewegs in Anouks Gesicht. Unter ihren Augen sind schwarze Mascarastreifen.

»Hallo«, sage ich mit schläfriger Stimme.

Es dauert einen Moment, bis Anouk antwortet. »Guten Morgen.« Sie sieht mich mit großen Augen an, als würde sie einen Geist sehen.

»Ist was?«, frage ich unsicher.

Sie schüttelt den Kopf. »Oh, nein, nein. Ich bin nur ein wenig müde.« Sie lächelt, und ihr Gesicht entspannt sich wieder. »Gut geschlafen?«

»Geht so«, sage ich schulterzuckend.

Ein Knacksen. »Schönen guten Morgen«, erklingt die Stimme des Busfahrers aus den Lautsprechern. »Und willkommen in Frankreich.«

Die Passagiere im Bus fangen an zu stöhnen und sich zu bewegen. Mabel schaut ein wenig verdattert, als könne sie nicht glauben, dass sie in einem Bus wach wird. Bo zieht sich schnaubend ihre Jacke über den Kopf.

»Es ist fast halb acht«, redet der Mann weiter. »Wir sind jetzt auf Höhe von Le Luc. In einer knappen Viertelstunde haben wir unser erstes Ziel erreicht, Camping Le Domaine des

Pins. Ich bitte alle Reisenden, die dort aussteigen, schon jetzt ihre persönlichen Sachen einzusammeln. Wir halten höchstens ein paar Minuten.«

Die Jacke über Bos Kopf fängt an sich zu bewegen, und sie ruft etwas Unverständliches.

»Um Himmels willen.« Mabel reißt Bo die Jacke vom Kopf. »So versteht dich doch kein Mensch!«

Bo streckt jubelnd die Arme in die Höhe. »Yes, yes, yes, Camping Le Domaine des Pins, das sind wir!«

Mabel tippt sich mit dem Finger gegen die Stirn. »Du bist echt total verrückt.«

»Nenn es ruhig gestört«, seufzt Anouk. »Wie viele Dosen Wodka-Cola hast du gestern getrunken?«

»Drei.« Bo grinst. »Wieso?«

Irgendwie bin ich neidisch auf ihre Begeisterung. Bei Bo ist immer alles schwarz oder weiß. Etwas macht Spaß, oder es ist langweilig. Jemand ist nett oder ein Nerd. Dazwischen gibt es nichts. Dieser Urlaub steht offenbar unter der Überschrift »nett«.

»Mir ist ein bisschen schlecht«, sagt Bo. »Vielleicht muss ich kotzen.«

»Lass das mal schön sein.« Ich sehe, wie Mabel die Stirn runzelt. Jetzt erst fällt mir auf, dass ihr weißes Seiden-T-Shirt ganz fleckig ist. Ihre Augen wirken stumpf, und ihre Haare hängen ihr struppig ins Gesicht. Sie sieht ein wenig schmuddelig und ungepflegt aus. So kenne ich sie gar nicht.

Der Bus ordnet sich rechts ein und biegt dann ab.

»Oh, guckt doch mal raus, wie schön!«, ruft Anouk.

Wir schauen alle aus dem Fenster. Der Bus fährt durch einen dichten Wald. Die Zweige mit ihren Nadeln sind so dick, dass es dämmrig geworden ist.

»Das ist ein Pinienwald«, erzählt Anouk. »Wusstet ihr, dass manche Pinien gut sechshundert Jahre alt werden können? Und dass man aus den Nadeln ätherische Öle gewinnt?«

»Kannst du bitte mal die Klappe halten?«, seufzt Bo. »Ich kriege Kopfschmerzen von diesem Gelaber über Pinien.«

»Boah, was sind wir wieder schön negativ«, sagt Anouk. »Es ist nicht meine Schuld, dass du einen Kater hast.«

Bo streckt ihr die Zunge raus.

Der Bus wird langsamer und biegt in einen unbefestigten Weg ein. Tannenzweige streifen die Fenster. Am Straßenrand steht ein Holzschild in Form eines Pfeils: CAMPING LE DOMAINE DES PINS 3 km. So unauffällig wie möglich nehme ich mein Handy aus der Jackentasche. Ich öffne WhatsApp und schreibe:

> Wir sind fast da xxx

Mit einem *Blob* wird meine Nachricht verschickt. Ich stelle mir vor, wie sie hochschwebt, hoch über die Pinien hinweg und über Frankreich und Belgien fliegt, geradewegs ins Handy meiner Mutter.

Innerhalb weniger Sekunden kommt eine Nachricht zurück:

> Fein, Liebes. Du fehlst mir. Kuss, Mama

Sofort spüre ich einen Kloß im Hals. Ich lese den kurzen Text immer wieder. *Du fehlst mir.* Meine Finger umklammern mein Handy. *Du mir auch, Mama.*

»Smile!«

Verwirrt schaue ich auf.

Bo richtet grinsend ihr Handy auf Anouk und mich. »Dieses Foto ist in einer Minute auf Instagram!«

Ich spüre, wie sich Anouks Arm um meine Schulter legt, wie sie ihr Gesicht gegen meins presst. Da kann man nur eins machen: lächeln. Meine Mundwinkel ziehen sich krampfhaft nach oben.

Klick.

Ich lasse die Mundwinkel wieder sinken.

»Wie süß.« Bo hält mir ihr Handy vors Gesicht.

Auf dem Display sehe ich meine krampfhafte Grimasse, als käme ich gerade vom Zahnarzt. Anouk starrt mit großen runden Augen in die Linse, als hätte sie etwas erschreckt. Das Foto hat etwas Seltsames. Bedrohliches.

»Sehr nett«, murmele ich.

Der Bus wird noch langsamer. Holpernd kommen wir an einer Lichtung zum Stehen. Sonnenlicht fällt in den Bus. Der Übergang ist so abrupt, dass ich meine Augen zukneifen muss.

»Yes, wir sind da!« Bo setzt ihre rosa Cap auf.

Ich starre hinaus. Über einer Schranke hängt ein Schild in kräftigen Neonbuchstaben: BIENVENUE À CAMPING LE DOMAINE DES PINS! Auf beiden Seiten der Schranke verläuft ein meterhoher Drahtzaun. Es sieht fast so aus, als würden wir bei einem völlig abgeschotteten Gelände mitten in einem Pinienwald ausgesetzt. Hinter dem Eingang sehe ich eine Mutter mit einem kleinen Mädchen in einem Buggy. Die Tränen schießen hoch. *Ich will nach Hause. Ich will nach Hause.* Der Satz steckt in meinem Kopf fest.

Bo und Mabel sind schon auf dem Weg aus dem Bus. Mit zitternden Händen packe ich meine Sachen.

»Weinst du?«, fragt Anouk.

»Nein«, sage ich, aber sicher bin ich mir nicht. *Ich will nach Hause. Sag einfach:* »*Ich habe Heimweh und will nach Hause.*«

Anouk nimmt meine Hand. »Was dich nicht umbringt, macht dich stärker. Komm schon, Lilly, wir machen was draus, okay?«

Ich nicke.

Hand in Hand steigen wir aus dem Bus. Wärme schlägt mir ins Gesicht. Ich zwinge mich, ruhig zu atmen. Es ist nur eine Woche, denke ich. Die werde ich doch wohl überleben? Oder?

Mabel

Der Busfahrer holt unsere Taschen aus dem Gepäckraum. Anouks Rucksack und ihre Kleidertasche, Lillys rosa Koffer, Bos Schultertasche, den flachen Karton, den ich mitgenommen habe. Als Letztes wirft er meine lederne Burberry-Reisetasche auf den Boden. Ich höre, wie das feine Leder über den sandigen Untergrund scheuert. Meine Mutter würde einen Anfall kriegen, wenn sie das wüsste.

»So, meine Damen, das war's.« Der Fahrer wirft die Klappe des Laderaums zu und wischt sich mit dem Handrücken den Schweiß von der Stirn. Mit der anderen Hand hakt er unsere Namen auf einer Liste ab. »Nächste Woche Samstagnachmittag um vier hole ich euch wieder ab. Wenn ihr nicht parat steht, fahre ich ohne euch zurück, verstanden?«

Ohne eine Antwort abzuwarten klettert er wieder in den Bus, und die Tür schließt sich vor unserer Nase. Ich sehe die neugierigen Blicke der anderen Reisenden. *Nicht starren!*, kann ich meine Mutter in Gedanken hören. Unbehaglich wende ich mich ab.

Mit einer großräumigen Wende fährt der Bus vom Parkplatz und verschwindet zwischen den Pinien. Ein paar Sekunden später ist das Motorgeräusch schon nicht mehr zu hören, und das Zirpen der Grillen füllt die Stille. Ein Gefühl der Verlassenheit überkommt mich. Wo um Himmels willen sind wir hier gelandet?

»W-wo müssen wir hin?«, fragt Lilly mit dünner Stimme.

»Da lang«, sagt Bo, während sie auf die Schranke zugeht. »Wahrscheinlich müssen wir uns an der Rezeption melden.«

Wir folgen Bo und laufen an der Schranke vorbei auf das Campinggelände. Überall wimmelt es vor Menschen. Männer in kurzen Hosen ohne Hemd, Frauen mit Dreiviertel-Leggings und Birkenstocks. Kinder, die auf Rollern oder kleinen Rädern über die sorgfältig angelegten Asphaltwege sausen. Jedenfalls scheint es mehr Menschen als verfügbare Quadratmeter zu geben. Ist das normal? Ich habe noch nie im Leben gezeltet. Mit meinen Eltern war ich immer in Hotels.

»Ihr wartet hier. Ich gehe mit Anouk zur Rezeption.« Bo tut gerade so, als wäre sie unsere Reiseleiterin, aber ausnahmsweise finde ich das völlig okay. Auch Lilly wehrt sich nicht.

Wir setzen uns auf eine Bank. Lilly starrt auf ihre All Stars, als hätte sie sie noch nie gesehen. Ich bin zu müde, um zu fragen, was los ist. Es war, als hätte Sam mich heute Nacht absichtlich wach gehalten. *Schick eine Nachricht*, sagte mein Herz. *Lass das bloß sein!*, rief mein Kopf. Schließlich habe ich mein iPhone ausgeschaltet und ganz unten in meine Tasche geschoben. Bisher habe ich mich noch nicht getraut, es wieder herauszunehmen.

»Lakritz gefällig?« Lilly hält mir eine Naschtüte vor die Nase.

Ich nasche fast nie. Meine Mutter meint, naschen macht dick, aber plötzlich ist es mir egal.

»Gern«, sage ich, nehme mir eine Handvoll und stecke sie alle auf einmal in den Mund. Ich ignoriere das augenblicklich aufsteigende Schuldgefühl.

Es fühlt sich komisch an, so ohne Emma hier. Sie war so begeistert gewesen, als Bo vor einem Jahr mit der Idee für diesen Urlaub herausrückte. Vielleicht hätten wir ihn doch stornieren sollen. Aber Bo fand, wir müssten unbedingt ...

»Sitzt ihr auch bequem, hier in der Sonne?« Bos Stimme holt mich aus meinen Gedanken.

Ich schaue auf und sehe Bo und Anouk, die hinter einer Art Golfmobil herlaufen, das von einem Mann mit Halbglatze und Schnurrbart gelenkt wird.

»Dieser Herr hier bringt uns zu unserem Platz«, sagt Bo. »Hopp hopp, aufstehen.«

»Ist alles geregelt?«, frage ich und ignoriere Bos sauertöpfischen Ton.

»Ich hoffe es. Ich habe ein Formular auf Französisch ausfüllen müssen. Das Fach habe ich nicht umsonst abgewählt!«

»Let's go«, sagt der Mann im Golfmobil und gibt Gas.

Wir trotten hinter ihm her. Auf dem Platz stehen jede Menge Dauercamper mit Wohnwagen aus Holz. Es ist, als bekämen wir eine Führung durch den Tierpark – ich kann bei allen reingucken. Und für so etwas zahlen die Leute wirklich Geld? Plötzlich habe ich ein klein wenig Verständnis für meine Eltern. Aber der Gedanke ist so absurd, dass ich ihn schnell wieder von mir schiebe.

»Lilly, leg mal einen Zahn zu!«, ruft Bo. »Gleich verlierst du den Anschluss.«

Ich schaue über die Schulter. Lilly läuft ein paar Meter hinter uns. Die Räder ihres viel zu großen Koffers rattern über den Asphalt.

»Jaja, ich beeile mich ja schon.« Lilly keucht. »Aber es ist so warm.«

»This way«, sagt der Mann, und wir biegen nach rechts ab.

Jetzt kommen wir an den Bungalowzelten vorbei. Sie stehen kerzengerade in Reihen mit immer nur wenigen Zentimetern

Abstand zueinander. Wahrscheinlich kann man *alles* von den Nachbarn hören. Mein Mut sinkt zusehends. Wir gehen noch weiter, zu einem kleinen Feld mit Kuppelzelten ganz weit hinten. Das ist vermutlich das Armenviertel des Campingplatzes: Überall liegen Dinge, leere Chipstüten, Bierdosen und Plastikbecher herum.

»This is your place.« Der Mann zeigt auf ein Stück Boden am Rand des Felds für Jugendliche, direkt am Zaun des Campingplatzes.

Niemand antwortet.

»Don't forget the rule: no noise after eleven o'clock in the evening. If you want to go out, the camping disco Club Mistral is behind the swimming pool area. You understand?«

»Äh, yes«, sagt Bo.

»Good. Enjoy your holiday.« Der Mann fährt winkend davon.

»Was für ein netter Stellplatz!« Anouk schubst mich an. »Oder?«

Schrecklich ist das erste Wort, das mir einfällt. Wahrscheinlich mache ich ein ziemlich geschocktes Gesicht, denn Anouk fragt: »Ist was?«

Ich atme tief ein und wieder aus. »Oh, äh, nein, nein. Es ist tatsächlich ein sehr … netter Stellplatz.«

Bo sieht mich mit zusammengekniffenen Augen an. »Ist der vielleicht nicht gut genug? Was hattest du denn erwartet? Eine Villa mit Privatpool und Butler?«

Ich fange an zu lachen, weil ich nicht weiß, was ich antworten soll.

»Es riecht hier so köstlich nach Pinien«, sagt Anouk. »Und die Aussicht ist toll.«

41

Bo tippt sich mit dem Finger an die Stirn. »Die Aussicht? Ich sehe einen Zaun.«

»Aber dahinter liegt der Wald. Schau doch nur, wie schön und urwüchsig. Vielleicht werden wir morgens von Eichhörnchen geweckt, die um unser Zelt scharren.«

»Dann drehe ich ihnen den Hals um. Es sind Ferien, ich will ausschlafen!« Bo stemmt die Hände in die Hüften. »Wo ist eigentlich das Zelt, das du mitnehmen solltest?«

»Ach ja.« Anouk zieht einen orangefarbenen Sack aus ihrem Gepäck, legt ihn auf den Boden und öffnet ihn vorsichtig. Ein verschlissenes Stück orangefarbener Stoff kommt zum Vorschein. Anouk hält es fest, als wäre es ihr Lieblingskuscheltier. »Dieses Zelt hat noch meinen Großeltern gehört.«

Sie macht ein glückliches Gesicht. Richtig glücklich.

»Boah«, sagt Bo sarkastisch, »das ist aber schön, ein antikes Zelt.«

Bo

Was für ein gigantisches Teil! Wenn ich gewusst hätte, dass Anouk dieses mittelalterliche Unding mitnehmen würde, hätte ich mich selbst um eins gekümmert. Sogar das Zelttuch riecht nach Anouks Großeltern: muffig und nach Schimmel.

Anouk breitet das orangefarbene Zelt auf dem Boden aus, schaut nach dem Stand der Sonne und umkreist den ausgebreiteten Stoffhaufen ein paarmal.

»Der Eingang muss mehr nach Norden«, murmelt sie, während sie an der Plane zerrt, bis der Eingang direkt zum Wald zeigt. »Sonst schlafen wir mit dem Kopf nach Westen, und das verursacht negative Energien.«

Mit halb geschlossenen Augen betrachtet sie ihr Werk. »Ja, so fühlt es sich gut an. Perfekt!«

»Schön«, sage ich. »Können wir dann endlich anfangen?«

»Bitte?«

»Wo sind die Heringe? Zeltstöcke? Du weißt schon, all die Sachen, mit denen normale Leute ein Zelt aufstellen?« Ich versuche, es in einem neutralen Ton zu sagen, aber es klingt trotzdem gemein. Doch darüber kann ich mir gerade keinen Kopf machen. Vor einer Stunde habe ich meinen Eltern eine Nachricht geschickt, dass wir fast da sind, aber ich habe noch keine Antwort bekommen. So eine Überraschung aber auch. Dann eben nicht.

»Mal schauen.« Anouk dreht den orangenen Sack um. Ein

paar verrostete Zeltstangen und Heringe fallen zu Boden. »Ah, da sind sie ja!«

Ich hebe die Heringe auf. »Mabel, steckst du die Bodenplane fest?«

Mabels Gesicht ist so ausdruckslos wie ein Eisklotz. Hat sie mich nicht gehört? Oder ignoriert sie mich einfach? Der letzte Gedanke nervt mich so sehr, dass ich sie anbrülle: »He, Aschenputtel, es gibt was zu tun!« Ich werfe ihr die Heringe vor die Füße.

»Jetzt mach mal halblang.« Mit gereiztem Blick rafft Mabel die Heringe auf. »Ich habe dich schon gehört.«

»Jaja. Lilly, nimmst du die Zeltstangen?«

»Äh, ja.« Langsam schlurft Lilly zu dem kleinen Stapel. Ich muss mich sehr anstrengen, damit ich nichts dazu sage.

»Viel Vergnügen«, sage ich grinsend zu Lilly, während ich eine Spitze der Zeltplane hochziehe. »See you later!«

»O-Okay.« Lilly verschwindet unter der Zeltplane und bewegt sich wie ein Maulwurf unter dem Stoff.

»Es ist hier so dunkel«, höre ich ihr gedämpftes Jammern. »Ich kriege Platzangst.«

»Einfach weiteratmen«, sage ich. »Das klappt super. Noch ein kleines Stück nach links. Ja, dort.«

Die Stangenspitze steckt im Loch. Wenige Sekunden später hebt sich auch die andere Ecke. Ein altmodisches Zelt kommt zum Vorschein, Modell Pfadfinder.

Keuchend kommt Lilly durch den Eingang wieder ins Freie. Ihre Haare stehen in alle Richtungen ab, und ihr Gesicht ist rot angelaufen.

»Applaus für Lilly!« Ich meine es nicht ernst, aber das kapiert Lilly nicht.

»Danke«, murmelt sie verlegen.

»Haben wir eigentlich auch einen Tisch mitgenommen?«, frage ich.

»Ja.« Mabel greift nach dem flachen Karton, den sie schon seit Amsterdam mitschleppt. »Meine Mutter hat einen Leichtgewichttisch im Internet gekauft«, sagt sie und öffnet den Karton. »Mal sehen, das muss hierhin. Und dann muss ich das herausziehen und ausklappen. Ah, schaut!«

Plötzlich steht da ein weißer Tisch mit vier Schemeln, die am Tisch befestigt sind. Wir starren alle vier darauf, als wäre ein Raumschiff gelandet, so *spacy* und glänzend sieht er aus.

Ich hebe den Karton vom Boden auf. *Design Brands* lese ich auf dem Etikett. »Ist deine Mutter verrückt geworden?«

Anouk fängt als Erste an zu lachen. »Wenn du mich fragst, war sie das schon vorher.«

Ich sehe wie Mabels Mundwinkel zittern. »Pass bloß auf, du redest über meine Mutter!« Aber dann zieht ein breites Grinsen über ihr Gesicht. »Sie ist total irre!«

Lilly fängt an zu kichern.

Und dann kann ich mein Lachen auch nicht mehr zurückhalten. Es sieht so bescheuert aus. Anouks verschimmeltes Zelt und dann dieser idiotisch teure Designtisch.

Quietschend vor Lachen fallen wir uns in die Arme.

»*Gooooo Camping!*«, rufe ich. Plötzlich bin ich mir ganz sicher. Das wird ein mega-cooler Urlaub, eine Woche abfeiern, das wird …

»Pssst, es ist halb neun!« Lilly schaut sich ängstlich um. »Die Leute schlafen noch.«

Es ist, als würde ein Stecker aus der Dose gezogen; alle hören auf zu lachen. Ein wenig unbehaglich starren wir uns an.

»Oh, äh, guter Punkt«, sagt Anouk. »Dann pumpen wir eben die Luftmatratzen auf, okay?«

Lilly nickt wie ein eifriges Schulmädchen. »Ich helfe gern.«

Was für eine blöde Kuh! Immer, wenn es lustig ist, schafft sie es, die Stimmung mit irgendeiner dämlichen Bemerkung zu versauen. Von mir aus hätte Lilly zu Hause bleiben können. Aber seit Emmas Verschwinden sind wir sozusagen *best friends forever* geworden. Manchmal kommt es mir vor wie in einem Theaterstück: Die unverbrüchlichen Freundinnen von Emma Timmers. Und das Schlimmste ist, dass ich meine Rolle am überzeugendsten spielen muss. Ich kann mir keine Fehler erlauben.

»Hilfst du auch mit?«, fragt Lilly.

»Natürlich«, sage ich mit einem breiten Lächeln. »Gib mir ruhig die Pumpe.«

Lilly

In der untergehenden Sonne werfen die Pinien lange dunkle Schatten. Wie ein Gefängnisgitter laufen sie über unser Zelt, als wäre der Wald dahinter verbotenes Gelände. Zum Glück ist der erste Urlaubstag fast vorbei. Viel mehr als am Pool liegen und Zeitschriften lesen haben wir nicht getan. Idiotisch eigentlich, dass wir so tun, als wäre alles in Ordnung.

Irgendwo zwischen den Bäumen macht ein Tier ein hohes klagendes Geräusch. Es klingt, als hätte jemand Schmerzen. Ein Schauer läuft mir über den Rücken. Gleich ist es richtig dunkel. Was für Tiere werden dann noch zum Vorschein kommen?

Bevor mir eine Antwort einfällt, fragt Mabel: »Wer will den Tisch decken? In fünf Minuten können wir essen.«

Bo tut, als würde sie nichts hören, und blättert einen Campingplatzprospekt durch. Anouk ruft aus dem Zelt: »Sorry, ich ziehe mich gerade um!«

»Lilly?« Mabel schaut mich an.

»Ja, klar, kein Problem«, sage ich leise. Es ist, als würde ich immer alle nervigen Aufgaben wie ein Magnet anziehen. Ich kopiere Mitgeschriebenes in der Schule, ich kaufe Geschenke für Geburtstage, stelle Zeltstangen auf, decke den Tisch, und wahrscheinlich mache ich gleich auch noch den Abwasch. Lilly, das Mädchen für alles, worauf sonst keiner Lust hat!

»Das ist ja blöd«, sagt Bo und schleudert den Prospekt weg.

»Wusstet ihr, dass die Campingdisco freitagabends zu ist? Lächerlich!«

Mabel zuckt mit den Schultern. »So schlimm ist das auch wieder nicht. Wir können doch was spielen.«

»Langweilig«, erwidert Bo. »Spiele sind was für Loser.«

Mabel seufzt. »Gehst du dir nie selbst auf die Nerven?«

Bo tut so, als müsse sie stark nachdenken. »Nein, eigentlich nie. Mir gehen vor allem andere auf die Nerven.«

»Jaja.« Mabel stopft sich eine große Handvoll Paprikachips in den Mund. Ich wusste nicht mal, dass sie Chips mag. Eigentlich habe ich sie noch nie Chips essen sehen.

»Das riecht ja lecker!« Anouk kommt in einem Batikkleid aus dem Zelt und setzt sich neben Bo. »Was essen wir heute Abend?«

»Ravioli aus der Dose. Im Campingplatzladen konnte ich nichts anderes auftreiben.« Mabel rührt in dem Topf auf dem kleinen Gasbrenner. »Aber es sieht ein bisschen … seltsam aus. Ich hoffe, es schmeckt trotzdem.«

»Ich finde es total lieb von dir, dass du für uns kochst«, sage ich, während ich vier Gläser auf den Tisch stelle. »Hat jemand die Teller gesehen?«

»Ja, dort.« Mabel zeigt auf eine Plastiktasche neben dem Zelt.

Bo streckt sich. »Endlich Ferien. Ich bin so froh, dass wir den Urlaub nicht storniert haben.«

Ein paar Sekunden lang sagt keine etwas.

»Äh, ja, es ist sehr schön hier.« Anouk nickt. Aber ich sehe an ihrem Blick, wie unbehaglich sie sich fühlt.

»Ravioli!« Mabel stellt einen Topf auf den Tisch.

»Endlich. Ich sterbe vor Hunger.« Mit den Fingern angelt

Bo ein Stück Ravioli aus dem Topf. »Himmel, das schmeckt ja wie gekochte Nacktschnecke.«

Ich rutsche neben Mabel und schaue zu, wie Anouk die Teelichter auf unserem Tisch anzündet. Es ist, als würden die Flammen den letzten Rest Dämmerung verschlingen. Die Konturen der Bäume und Sträucher verschwinden, und der Wald wird zu einem pechschwarzen Loch. Aus den Augenwinkeln sehe ich Kerzen bei anderen Zelten. Sie scheinen ganz weit weg, wie Sterne am dunklen Himmel. Plötzlich wünsche ich mir, wir hätten einen anderen Stellplatz bekommen, etwas weiter weg vom Wald.

Mabel schöpft Ravioli auf die Teller.

»Habt ihr die Holländer im graublauen Zelt schon ge-checkt?«, fragt Bo und leckt sich die Tomatensoße von den Fingern. »Der Blonde ist für mich.«

»Meinst du den mit den roten Schwimmshorts und der Baseballcap?« Anouk runzelt die Stirn.

»Ja, der ist zum Anbeißen!«, seufzt Bo.

»Leider ist er derselben Ansicht«, meint Anouk. »Nicht mein Typ. Ich nähme lieber die beiden Dunkelhaarigen, die Volleyball gespielt haben.«

»Hallo? Hast du ein Brett vorm Kopf?« Bo verdreht die Augen. »Die sind doch so was von schwul, das siehst man doch, oder?«

»Echt?« Anouk macht ein verblüfftes Gesicht.

»Ja, das habe ich schon auf drei Kilometer Entfernung be-merkt.« Bo nimmt einen Teller von Mabel entgegen. »Und welcher wird deiner?«

»Hä?« Mabel guckt völlig abwesend, als hätte sie das gesam-te Gespräch verpasst.

»T-y-p«, buchstabiert Bo langsam. »Welcher?«

»Oh, äh, ich … Der mit den dunklen Locken beim Pool gefiel mir ganz gut.«

»Dunkle Locken? Den hab ich wohl verpasst.«

»Ich zeige ihn dir morgen.« Mabel stellt den letzten Teller auf den Tisch. Ihr eigener Teller ist am vollsten. »*Bon Appétit!*«

Ich betrachte mein Essen. Der Ravioliberg glibbert über den Tellerrand. Ich habe das Gefühl, mich übergeben zu müssen. »Köstlich«, lüge ich.

»Alle eine Cola light?« Ohne unsere Antwort abzuwarten, schenkt Bo vier Gläser ein.

Sie hält ihr eigenes Glas hoch. »Prost. Auf meine *best friends forever*, die ich schon seit der Grundschule kenne!«

Wir folgen ihrem Beispiel. »Prost.«

Eine seltsame, fast elektrisch aufgeladene Stille tritt ein. Es ist, als würde die Schwärze der Nacht alle Geräusche aufsaugen. Ich höre nur noch das Klopfen meines Herzens und sehe in den Augen der anderen, dass wir alle an dasselbe denken.

Anouk räuspert sich. »Und auf Emma!«, sagt sie heiser.

»Ja«, flüstert Bo. »Auf Emma.«

»Auf Emma.« Mabel nickt.

Sie starren mich an, ihre Gesichter gelb und wächsern im Kerzenlicht. Sie sehen aus wie Mumien.

»Auf Emma«, sage ich mit belegter Stimme. Sofort schießen mir die Tränen in die Augen.

Bo und Anouk wechseln einen Blick. Ich weiß, was sie denken. Lilly bricht wieder zusammen. Aber es geht viel tiefer als Kummer. Es ist ein lähmendes Gefühl der Scham. Könnte ich die Zeit nur zurückdrehen. Könnte ich nur alles ungeschehen machen!

Anouk

Emmas Name hängt wie eine warme Decke über uns. Ganz kurz könnte man meinen, wir seien wieder zu fünft. Ich atme tief ein, als könnte ich sie damit noch näher heranholen. Wäre sie doch nur hier!

»Fasst euch an den Händen.« Es rutscht mir raus, bevor ich darüber nachdenken kann.

»Was?« Bo schaut mich an, als wäre ich verrückt geworden.

»Fasst euch an den Händen«, wiederhole ich, etwas weniger selbstsicher. »Dann bilden wir einen Kreis.«

»Ja und dann? Wollen wir beten, oder was? Ohne mich!«

Lilly reicht Mabel eine Hand und streckt die andere nach Bo aus. »Jetzt stell dich nicht so an«, sagt sie mit einer tiefen Falte zwischen den Augenbrauen. »Du wirst schon sehen, was Anouk vorhat.«

Mit einem tiefen Seufzer nimmt Bo Lillys Hand. »Ich finde es jetzt schon doof.«

Ich lege meine Hände mit den Handflächen nach oben auf den Tisch. »Mabel und Bo, würdet ihr bitte den Kreis schließen?«

Ich spüre, wie sie meine Hände nehmen.

»Niemand darf jetzt reden«, sage ich langsam. »Sonst klappt es nicht.«

Alle drei schauen mich an, Lilly ein wenig ängstlich, Mabel scheint mit ihren Gedanken sonst wo zu sein, und Bo starrt mich rundweg verächtlich an.

»Was für ein Unsinn«, mokiert sich Bo. »Ich …«

»Pssst«, sagt Lilly.

Ich versuche mir zu überlegen, was ich jetzt sagen könnte. Was macht meine Mutter immer bei einer Séance? Sie zündet die Kerzen an, und dann heißt sie alle willkommen. Jetzt tut es mir leid, dass ich die Teelichter schon vorher angezündet habe.

»Willkommen«, sage ich leise.

Bo schnaubt. Deutlicher kann sie es nicht machen: Sie findet das hier lächerlich. Einen Augenblick lang bringt sie mich aus dem Konzept. »Wir … äh …« stottere ich.

Konzentrier dich, Anouk! Ich spüre etwas Schweres, das auf mir lastet, als würde mir meine Mutter über meine Schulter zuschauen, wie ich es mache. Ich will sie nicht enttäuschen. Gib mir deine Kraft, Mama, bitte. Plötzlich weiß ich, was ich sagen muss.

»Ihr dürft den Kreis nie brechen«, sage ich mit fester Stimme.

»Warum nicht?«, fragt Bo.

»Weil die Entitäten, die uns besuchen, dann nicht mehr in ihre Welt zurückkönnen.« Die Worte kommen wie von selbst über meine Lippen.

»Enti-wie?«, wiederholt Bo.

»Geister«, sagt Mabel leicht genervt. »Kannst du jetzt bitte mal den Mund halten?«

Ich drücke Bos und Mabels Hand. »Spürt eure Energie und sprecht mir nach. ‚Wir vermissen dich, Emma.'«

»Wir vermissen dich, Emma«, sagen wir im Chor.

Es klingt düster und niedergeschlagen.

»Still!« Ich tue so, als würde ich etwas hören, das die anderen nicht hören. »Da ist jemand.«

»Ist es Emma?« Lilly ist so bleich, dass ich Angst habe, sie könnte in Ohnmacht fallen.

Ich schließe die Augen und wiege meinen Oberkörper vor und zurück. »Es ist eine freundliche Entität.« Ich gebe vor zu zögern. »Ja, es könnte Emma sein.«

Lilly gibt ein merkwürdig piepsendes Geräusch von sich.

»Offenbare dich«, sage ich streng, während ich denke: Wie kriege ich hier bloß glaubwürdig die Kurve?

»Ich weiß nicht, wie es euch geht, aber ich höre gar nichts«, sagt Bo.

»Äh, ja, vielleicht hat der Geist Angst vor uns«, murmele ich. »Das passiert schon mal.«

Ich atme tief ein. Vielleicht sollte ich lieber aufstehen und sagen: »Tut mir leid, Mädels, es war nur ein Scherz, ich bin überhaupt nicht hellseherisch veranlagt, auch nie gewesen.«

Aber dann geschieht etwas so Merkwürdiges, dass ich es kaum verstehen kann. Plötzlich wird es eiskalt, als würde man die Tür eines Gefrierschranks öffnen. Erstaunt schaue ich mich um. Woher kommt diese Kälte? Im Dunkel des Waldes sehe ich, wie sich etwas bewegt. Ein Schemen. Alle Härchen auf meinen Armen stellen sich auf.

»Mir ist kalt«, jammert Lilly. Sie starrt mit hohlen Augen an mir vorbei.

Ich sehe Bo und Mabel an. Ihre Gesichter sind neutral. Kalter Schweiß rinnt über meinen Rücken. Bin ich denn die Einzige, die diese Gestalt sieht?

»*Holy Shit*, die Kerzen!«, ruft Bo plötzlich.

Mein Blick fällt auf den Tisch. Die Flammen der Teelichter knistern, werden groß und erlöschen dann alle gleichzeitig.

Lilly schreit und lässt Bos Hand los.

»Verdammt!«, sagt Bo. »Habt ihr diesen kalten Windzug auch gespürt?«

»Oh nein, ich h-habe den Kreis g-gebrochen«, stammelt Lilly. »Was b-bedeutet das?«

»Anouk?«, fragt Bo.

Alle Augen sind jetzt auf mich gerichtet.

Mein Herz wummert in meinen Ohren. »He … ha …« Wie ein Fisch auf dem Trockenen bewege ich meinen Mund.

»Anouk!« Bo klingt jetzt sauer.

Ich springe auf.

»Oh, das mit dem Kreis ist kein Problem«, presse ich raus. »Ich hole schnell ein wenig Weihrauch aus meiner Tasche, dann schließt sich das Energiefeld wieder.«

»Also echt«, höre ich Bo hinter mir rufen. »Was ist das denn für ein *Bullshit?*«

»Bin gleich wieder da«, murmele ich.

Ich ziehe den Reißverschluss des Zelts hinter mir zu und lasse mich auf die Knie fallen. Zitternd verberge ich mein Gesicht in den Händen. O mein Gott, was habe ich da gerade gesehen?

Großer Durchbruch in Vermisstenfall
Von unserem Korrespondenten

AMSTERDAM – Das Fahrrad der 16-jährigen Emma Timmers, die seit dem 20. Dezember 2018 vermisst wird, wurde im Diemerbos gefunden. Wanderer entdeckten das Rad in dem an Amsterdam grenzenden Naturschutzgebiet.

Die Polizei hat neue Informationen zu einem schon zuvor gefundenen Kleidungsstück freigegeben. »Wir haben Blutspuren auf Emmas Jacke gefunden. Eine DNA-Analyse hat ergeben, dass dieses Blut von ihr selbst stammt«, so die Sprecherin. Die Polizei hat zusätzliche Ermittlungsbeamte eingesetzt. Ein großes Team durchkämmt heute und morgen das Naturschutzgebiet. Dabei werden auch Taucher eingesetzt.

Die Schülerin verschwand vor zwei Wochen nach einem Schulfest am Amsterdam Lyceum. Familie und Freunde haben seither nichts mehr von ihr gehört. Emma wohnt seit dem tödlichen Unfall ihrer Eltern vor zwei Jahren bei ihrer Tante in Amsterdam.

ICH WEISS GENAU, WO SIE DAS FAHRRAD GEFUNDEN HABEN: AM UFER EINES KLEINEN SEES, VERSTECKT IM SCHILF. ICH

HABE ES ABSICHTLICH SO HINGELEGT, DASS DER VORDERREIFEN HERAUSLUGTE. ALLES VERLÄUFT PERFEKT NACH PLAN.

Emma

Mein Gefühl sagt mir, dass ich schon wochenlang hier bin, aber mein Verstand widerspricht. *Emma, es sind erst Tage.* Doch in diesem dunklen Raum fühlt sich jede Sekunde wie ein ganzes Leben an.

Gestern habe ich leise Schritte auf der anderen Seite der Wand gehört. Sie kamen immer näher, bis sie vor meiner Tür anhielten. Das ist es, dachte ich. Das ist das Ende. In ein paar Sekunden geht die Tür auf, und ich kann nichts tun, um es zu verhindern.

Meine Augen und Nase wurden dick vor Tränen, und ich konnte kaum noch atmen. Zitternd vor Angst bin ich unter das Bett gekrochen, in die hinterste, dunkelste Ecke, wo es feucht und schimmelig roch.

Auf der anderen Türseite hörte ich, dass jemand schwer und schnell atmete, wie nach einem Spurt. In Gedanken sah ich sie dort stehen. Eine große, dunkle Gestalt. Bereit zum Eintreten. Bereit, alles kaputt zu machen.

Fast hätte ich mich übergeben. Es war so unfair!

Ein Schaben, als würde jemand mit dem Messer über das Holz der Tür kratzen. Ein Rütteln und Hüsteln. Ich hörte, wie die Türklinke quietschend heruntergedrückt wurde.

Ich tat das Einzige, was mir einfiel: die Augen schließen. Eine verrückte Sekunde lang verspürte ich so etwas wie Beruhigung. Vielleicht wäre es ja irgendwie auch besser, wenn es jetzt vorbei wäre. Keine Angst und keine Schmerzen mehr.

Aber dann geschah ein Wunder. Die Schritte bewegten sich schlurfend weg, als wäre ich nicht mehr interessant.

Minutenlang wagte ich nicht, mich zu rühren. War er wirklich weg? Angespannt achtete ich auf die Stille auf der anderen Seite der Tür. Ich hörte nur noch meinen eigenen Herzschlag – und als ich mein verkrampftes Bein streckte, nur das leise Wischen meiner Haut über den Boden.

Vielleicht tat er nur so, als wäre er weg, damit ich zum Vorschein käme. Vielleicht stand er mit einem Ohr an der Tür und lauschte.

Aber nein. Ich war wieder allein.

Samstag, 6. Juli 2019

Mabel

Ich dümpele auf meiner Luftmatratze im Pool. Bo und Anouk spielen im flachen Wasser mit einem Ball. Lilly liegt unter einem Sonnenschirm und schläft. Wenn ich die Augen schließe, ist alles wie in einem normalen Urlaub. Ich höre, wie Bo und Anouk lachen. Ich rieche den künstlich süßlichen Duft von Kokosöl. Ich spüre die Sonne, die mir auf den Rücken brennt.

Aber es ist kein normaler Urlaub. Es fühlt sich fast unangebracht an, dass wir hier sind. Respektlos.

Heute Nacht habe ich kaum geschlafen, weil ich überall seltsame Geräusche gehört habe, die ich nicht einordnen konnte. Geraschel, leises Keuchen. Es klang, als würde jemand um unser Zelt scharren. Ein Tier, wahrscheinlich. Aber im pechschwarzen Dunkel konnte ich mein Gehirn nicht davon überzeugen. Erst als es wieder hell wurde, schlief ich endlich ein.

Ich habe von Sam geträumt. Wir lagen zusammen in meinem Schlafsack, die Hände ineinander verflochten. So fühlt sich Glück an. Ich wollte sagen, dass es mir leidtut. Dass ich dumm gewesen war. Aber plötzlich wurde es dunkel, und ein Gewicht legte sich auf mich. Ich konnte kaum mehr Luft holen, erstickte beinahe. »Runter von mir, Sam«, wollte ich rufen, aber es kam kein Laut aus meinem Mund.

»Ich weiß, dass du es getan hast«, flüsterte mir eine Stimme ins Ohr. Es war nicht Sams Stimme, sondern die von Emma. Schweißnass schrak ich auf. Mein Kopf schmerzte, und mein Herz pochte bis in meine Kehle. Es war nur ein Traum. Ein schrecklicher, widerwärtiger, lebensechter Traum, versuchte ich mich zu beruhigen. Aber mit dem Schlaf war es vorbei.

»Das ist nicht dein Ernst!«, höre ich auf einmal Bos Stimme. Ich hebe den Kopf ein paar Zentimeter an und spähe durch die Wimpern. Bo und Anouk stehen bei ein paar Jungs. Ich drücke mich auf dem Ellenbogen weiter hoch und erkenne sofort den mit der roten Badehose und der Baseballcap. Bo lacht lauthals und übertrieben über etwas, das er sagt. Anouk steht neben seinen beiden Freunden. Von Weitem sehen sie aus wie Rettungsschwimmer mit ihren Pilotensonnenbrillen und glänzenden Oberkörpern.

»Mabel!«, ruft Bo auf einmal.

Alle Köpfe drehen sich zu mir. Plötzlich fühle ich mich dick und nackt in meinem Bikini. Mein Gesicht fängt an zu glühen, und am liebsten würde ich unter Wasser verschwinden.

»Komm mal her!«

Hör auf, denke ich.

»Juhu! Bist du taub?«

Verdammt. Irgendwie gelingt es mir, lächelnd zu rufen: »Jaja, nur die Ruhe, ich komm ja schon.«

Ich lasse mich von der Luftmatratze gleiten und schwimme ins Flache, bis meine Knie den Boden berühren. So elegant und würdevoll wie möglich versuche ich aufzustehen.

»Das ist Mabel«, sagt Bo.

Eine Stille entsteht, während der ich von Kopf bis Fuß begutachtet werde. Automatisch ziehe ich den Bauch ein.

»Tom.« Der mit den braunen Locken rechts neben Anouk streckt grinsend die Hand aus.

Ich habe das Gefühl, einen Test bestanden zu haben, an dem ich mich gar nicht hatte beteiligen wollen.

»Mabel«, sage ich und schüttele seine Hand. Er hält meine einen Augenblick zu lang fest. Unbehaglich schaue ich in eine andere Richtung.

»He, ich bin auch noch da.« Der Blonde mit der roten Badehose, der Bo so gut gefällt, greift lachend nach meiner Hand. »Rik.«

»Äh, hallo, nett, dich zu treffen, Rik«, lüge ich mangels einer besseren Eingebung.

»Und das ist Zach.« Rik zeigt zu dem jungen Mann mit Millimeterhaarschnitt links von Anouk.

Zach wirkt wie ein Riese. Er überragt seine Freunde um gut einen Kopf und hat den Körper eines Bodybuilders. Sein Händedruck ist so fest, dass mir meine goldenen Ringe in die Haut schneiden.

»Rik wohnt in Rotterdam. Und Tom und Zach kommen auch aus Amsterdam, ist das nicht witzig?«, sagt Bo in einem Ton, als hätte sie den Hauptpreis im Lotto gewonnen.

»Sehr witzig.« Ich höre selbst, was für einen affektierten Tonfall ich habe, wie immer, wenn ich mich in meiner Haut nicht wohl fühle.

»Und sie bleiben auch eine Woche hier!«

»Ach, nicht dein Ernst?!« Meine Stimme ist jetzt so scheißvornehm wie bei meiner Mutter. Grässlich.

»Wo steht euer Zelt eigentlich?«, fragt Rik.

Bo überschlägt sich fast, so schnell antwortet sie. »Am Rand vom Jugendfeld, beim Wald. Und eures?«

»Beim Toilettengebäude.«

Zum Glück, denke ich, das ist auf der komplett anderen Seite.

»Sollen wir gehen?« Anouk schaut auf ihre Armbanduhr. »Es ist fast fünf Uhr. Und wir müssen noch einkaufen.« Sie spricht das Wort »einkaufen« sehr nachdrücklich aus, als hätte sie Angst, jemand könnte an ihren Absichten zweifeln.

»Natürlich.« Zach schaut sie mit zusammengekniffenen Augen an. »Wir machen uns auch auf den Weg.«

»Ciao«, sagt Rik mit einem Zwinkern.

Erleichtert sehe ich, wie sich ihre nassen, gebräunten Körper in Bewegung setzen. Sie sind schon fast am Poolrand, als Rik sich plötzlich umdreht. »Geht ihr heute Abend auch in den Club Mistral?«

Nein, denke ich.

»Ja!«, ruft Bo.

»Dann sehen wir euch dort.« Rik lächelt Bo zu, als würde sie etwas Besonderes verbinden.

Als die Jungs außer Sicht sind, sagt Anouk bissig: »Können wir das nächste Mal vielleicht erst mal kurz beratschlagen, bevor du für uns alle eine Verabredung triffst?«

»Komm schon!«, sagt Bo und grinst. »Ich habe euch vor einem weiteren todlangweiligen Abend am Zelt gerettet. Lebt, seid jung, macht Party!«

Eine seltsame Stille tritt ein.

Warum ist Bo die Einzige von uns, die so tut, als wäre nichts passiert?

Bo

»Will noch jemand?« Anouk hält den Pizzakarton hoch.

Auf dem Boden liegen noch zwei Stücke. Der geronnene Käse liegt wie gelbe Plastikbeulen auf der Tomatensauce. Es sieht eklig und fettig aus. Sogar ausgehungert auf einer unbewohnten Insel hätte ich dankend abgelehnt.

»Nein, danke.« Ich rülpse. »Ich bin voll!«

»Das heißt: Ich habe genug gegessen«, korrigiert mich Mabel.

»Ganz wichtig.«

»Ich werfe sie weg«, sagt Anouk.

»Warte.« Mabels Hand fasst in den Karton und schnappt sich ein Stück. »Das ist zu schade.«

Erstaunt sehe ich, wie sie sich das Stück reinschiebt, als hätte sie noch nichts gegessen. Tomatenstückchen kleben wie Pickel auf ihrem Kinn. Mit dem Handrücken wischt sie sich das Gesicht sauber.

Mabel hat irgendwas.

Es ist, als würde sie eine umgekehrte Wandlung durchmachen: Der elegante Schmetterling wird wieder zu einer dicken, hässlichen Raupe. Merkwürdig.

»Ich ziehe mich um«, sage ich und stehe auf. »Sollen wir in einer Stunde in den Club Mistral gehen?«

»Und was ist mit dem Abwasch?«, fragt Lilly.

»Nur zu.« Grinsend starre ich sie an.

Ich sehe, wie der Groschen bei ihr fällt. Ihre Wangen werden rot, und ihr fällt die Kinnlade runter.

»Oh, äh, ja.« Sie nickt und fängt sofort eifrig an, die Teller zu stapeln.

»Ich helfe dir.« Anouk schaut mich kopfschüttelnd an. »Und dann darf Bo morgen einkaufen, kochen und abwaschen.«

»Klar«, sage ich schulterzuckend.

Gebückt betrete ich das dämmrige Zelt. Ein fader Geruch dringt in meine Nase. Igitt, es riecht nach Fleisch, das zu lange nicht im Kühlschrank lag. Hat jemand ein Wurstbrötchen im Zelt gegessen? Ich versuche, nur durch den Mund zu atmen. Durch das Zelttuch sind die Bewegungen von Lilly, Anouk und Mabel wie in einem Schattenspiel zu sehen. Lillys leise Stimme sagt etwas über Spülmittel. Es langweilt mich schon nach wenigen Sekunden.

Ich schaue zur anderen Seite. Ein Ast bewegt sich im Wind wie der grobschlächtige Arm eines Skeletts. Ein Bild von Emma huscht durch meinen Kopf. Begraben unter einer dicken Erdschicht und von Tieren kahlgefressen. Nur noch ein Häuflein Knochen …

Nein!

Mit zitternden Händen schalte ich meine Taschenlampe ein. Die Schemen und Schatten verschwinden. Ich atme ein paarmal tief ein und aus. *Hör auf, Bo, du machst dich noch verrückt!*

Plötzlich habe ich es eilig. Ich öffne den Reißverschluss meiner Tasche. Der Inhalt ist völlig durcheinander. Ich kann mich nicht erinnern, wann ich ein solches Chaos veranstaltet habe. Leicht irritiert greife ich zwischen die Kleidungsstücke und fische ein rotes Kleid mit Spaghettiträgern heraus. Schnell zwänge ich mich hinein.

Geld: check. Handy: check. Eigentlich will ich nicht, aber trotzdem öffne ich WhatsApp. Noch immer keine Antwort von meinen Eltern. Dabei bin ich mir sicher, dass sie meine Nachricht gestern Morgen gelesen haben. Was anderes kann ich mir nicht vorstellen.

Ich denke an meine Eltern. Wie sie gemütlich mit meinen beiden Schwestern essen. Wie sie über ihre Witze und Geschichten vom Studium lachen.

Wahrscheinlich haben sie mich noch keine Sekunde vermisst. Manchmal glaube ich, meinen Eltern wäre es lieber gewesen, ich wäre nicht geboren worden. Der Nachkömmling, der ihr gesamtes Leben durcheinandergebracht hat. Was ich auch mache, so laut ich auch schreie, ich kann meine Schwestern nie übertönen.

Ein hohles Gefühl kriecht von meinem Bauch nach oben und drückt mir die Kehle zu. Ich wische eine Träne von meiner Wange. Scheißeltern. Scheißschwestern.

»Ça va?« Mabel kommt ins Zelt. »Igitt, hier stinkt's aber.«

Ich will nicht, dass sie mich weinen sieht. Ich beuge mich vor und tue so, als würde ich noch etwas in meiner Tasche suchen.

»Stimmt.« Es gelingt mir, normal zu klingen. »Bin gleich fertig.«

Mabel zieht an ihrer Tasche und stößt mich dabei an.

»Kannst du nicht draußen warten?«, schnauze ich. »Es ist verdammt eng hier.«

»Sorry, sorry, ich bin ja schon weg.« Am Klang ihrer Stimme höre ich, dass ich sie verletzt habe. Ich warte, bis sie das Zelt verlassen hat, und richte mich dann auf.

Meine Augen sind noch voller Tränen. Ich versuche, sie wegzuzwinkern.

Ruhig bleiben, Bo. Lass nicht zu, dass deine Emotionen wieder alles verderben.

Ich hole ein paarmal tief Luft und setze meine distanzierte Bo-Maske auf.

Lilly

Es ist dunkel um uns. Der Abend hat die Bäume und Sträucher verschluckt. Das einzige Licht stammt von den schwachen Lampen am Weg. Die Bungalowzelte und Wohnwagen der Dauercamper tauchen wie schwarze Kolosse auf. Es sieht aus wie ein Friedhof. Hin und wieder höre ich Gesprächsfetzen oder sehe den verschwommenen gelben Schein einer Kerze im Dunkeln. Aber abgesehen davon könnten wir die einzigen vier Lebenden auf diesem Campingplatz sein.

Ein Schauder kriecht mir übers Rückgrat. Die ganze Zeit über habe ich das Gefühl, wir würden von etwas oder jemandem verfolgt. Aber jedes Mal, wenn ich über meine Schulter schaue, ist der Weg hinter uns verlassen. *Es steckt in deinem Kopf, Lilly. Wenn du nicht aufpasst, wirst du verrückt. Genau wie letztes Mal.* Vielleicht sollte ich heute Abend eine der Tabletten nehmen, die mir der Hausarzt nach Emmas Tod verschrieben hat. Ich habe noch fast zwei volle Blister übrig. Letztes Mal, als ich eine Panikattacke …

»In welche Richtung müssen wir?«

Mabels Stimme holt mich in die Wirklichkeit zurück. Wir bleiben auf einer Kreuzung stehen. Der Hauptweg macht eine Biegung nach links, aber nach rechts zwischen den Dauercampern hindurch verläuft auch ein Sandpfad.

»Nach rechts. Dann kommen wir zum Pool, und dahinter liegt Club Mistral. Das ist die kürzeste Strecke. Sonst müssen wir ganz außen herum.« Bo klingt wie eine nervige Reiseführerin, die immer alles besser weiß. »Okay?«

»Wie du meinst«, sagt Mabel schulterzuckend.

Wir biegen rechts ab und laufen zwischen den Wohnwagen der Dauercamper hindurch. Wir lassen die schwache Beleuchtung des Hauptweges hinter uns. Es wird noch dunkler. Und stiller. Es fühlt sich an, als würden wir etwas Verbotenes machen.

»Dürfen wir hier überhaupt lang?«, frage ich, während mein Blick zwischen den dunklen Schatten hin und her huscht.

»Bestimmt«, sagt Bo. »Hast du Angst, jemand könnte die Polizei rufen?« Sie muss selbst über ihren Scherz lachen.

»Pssst«, zischt Anouk. »Hier schlafen wahrscheinlich schon Leute.«

»Spannend.«

Plötzlich sind da keine weiteren Dauercamper mehr, als hätten wir den Rand des Campingplatzes erreicht. Der Sandpfad schlängelt sich weiter in den Wald hinein.

»Und jetzt?«

»Einfach weitergehen. Dieser Pfad führt hinter dem Pool entlang.«

Bilde ich es mir nur ein, oder höre ich da eine Spur von Zweifel in Bos Stimme?

»Bist du sicher? Ich glaube, der Pool liegt da hinten«, sagt Anouk. Sie zeigt hinter sich.

»Nein, da ist die Rezeption. Der Pool liegt wirklich vor uns.« Der Zweifel ist verschwunden, Bo hat sich blitzschnell wieder gefasst. »Ich habe mir den Lageplan vom Campingplatz bestimmt zehnmal angeschaut.« Sie schnaubt gereizt.

»Ich habe keine Lust, den ganzen Weg zurückzugehen. Lasst uns einfach weiterlaufen«, sagt Mabel und seufzt.

»Zwei zu eins.« Der Bequemlichkeit halber vergisst Bo, dass ich auch noch da bin. »Also den Pfad.«

Ohne länger abzuwarten, geht sie weiter.

»Na ja«, höhnt Mabel. »Sie glaubt wirklich, dass sie allein auf der Welt ist.« Murrend geht sie hinter Bo her.

Anouk folgt wortlos.

Ich habe auch keine Lust, allein stehen zu bleiben, also renne ich ihnen hinterher, aber im Dunkeln sind sie schon fast nicht mehr auszumachen.

»Wartet auf mich!«, rufe ich.

»Dann beeil dich doch auch mal!«, höre ich Bo irgendwo vor mir. Ich orientiere mich an ihrer Stimme.

»Wo seid ihr?«, frage ich weiter, damit ich sie nicht verliere.

»Ich bin hier.« Mabels Stimme kommt von links und klingt überraschend nah.

»Ich auch«, sagt Anouk von derselben Stelle aus.

»Schaut, da ist es schon!«, ruft Bo.

Ich blicke in die Richtung ihrer Stimme. Ein weißes Licht schimmert durch die Bäume, als wäre ein Ufo dort gelandet. Bos Silhouette hebt sich gespenstisch schwarz gegen das Licht ab.

»Applaus für Bo!«, höre ich Bo sagen, und die schwarze Gestalt fängt an zu klatschen. »Who's the best? I'm the best! Who's the leader? I'm the leader! Who's the …«

»Jaja, hör schon auf«, seufzt Anouk. »Wir haben es kapiert.«

Der Pfad macht eine scharfe Biegung nach rechts. Es ist, als würden wir in ein Fußballstadion einlaufen, so grell sind die Lampen. Ich muss ein paarmal blinzeln, um zu verstehen, was ich sehe. Eisencontainer. Müllsäcke. Ein Schild, auf dem DÉCHARGE steht. Der Geruch nach stinkendem Abfall ist so stark, dass ich fast umfalle.

Anouk fängt sich als Erste: »Was für ein … überraschendes Ziel. Die Müllkippe vom Campingplatz!«

Mabel fängt an zu kichern. »Wie oft hast du dir den Lageplan angeguckt, Bo? Zehnmal?«

Ich fange auch an zu lachen.

»Der Plan stimmt nicht.« Bo macht ein so verdattertes Gesicht, dass wir noch lauter lachen müssen. »Ich schwöre, dass das der richtige Weg war.«

»Für einen Müllsack, ja.« Mabel stemmt die Arme in die Hüfte. »Auf dem Rückweg nehmen wir die längere Strecke.«

Plötzlich erklingt hinter uns ein Hüsteln.

Wir drehen uns alle vier gleichzeitig um. Ein Mann in einer langen beigen Hose und einem beigen Oberhemd lehnt reglos an einer kleinen Mauer. Ich schätze ihn auf um die vierzig, fünfundvierzig. Erst halte ich ihn für einen Wächter vom Campingplatz, aber als ich genauer hinschaue, scheint mir das eher unwahrscheinlich. Sein Hemd ist an den Säumen ausgefranst, als hätte er es zu oft getragen, und die dunklen Haare sind fettig und ungepflegt. Wie lange beobachtet er uns schon?

Meine Füße machen automatisch ein paar Schritte rückwärts.

Der Mann sieht uns ausdruckslos an. »Was für ein seltsamer Ort für vier Mädchen so spät am Abend«, sagt er langsam.

Oh nein, er spricht Niederländisch!

»Habt ihr euch verirrt? Vielleicht kann ich euch … helfen.«

Alles an diesem Mann, sein Blick, seine Stimme, strahlt ein seltsames Interesse aus.

Nicht mit Fremden reden. Keine Süßigkeiten annehmen. Nie die Tür öffnen, wenn jemand klingelt. Die Stimme meiner Mutter hallt durch meinen Kopf.

70

»Sollen wir gehen?« Meine Stimme klingt hoch und gepresst.

Bo ignoriert mich. »Wir suchen den Club Mistral«, sagt sie zu dem Mann.

»Club Mistral.« Er wiederholt es, als wolle er den Namen nie wieder vergessen. »Da müsst ihr noch ein Stück weiterlaufen, an den Containern vorbei, bis ihr zu einem Gebäude aus Stein kommt. Ihr könnt es gar nicht verfehlen.«

»Okay, vielen Dank.« Bo lächelt – viel zu freundlich, meiner Ansicht nach.

»Schönen Abend noch.« Der Mann nickt und geht davon.

Wir schauen ihm nach, bis er außer Sicht ist.

»W-was hat der Kerl da gemacht?«, fragt Mabel dann.

»Keine Ahnung.« Anouk zittert und legt die Arme um sich. »Aber er hat mich ganz schön nervös gemacht.«

Eine unbehagliche Stille tritt ein.

Ich weiß, woran wir alle denken. Oder eigentlich, an wen: Emma.

»Gleich kommt er bestimmt zurück«, piepse ich. »Ich will hier weg.«

»Jetzt spinn hier doch nicht rum«, sagt Bo ärgerlich. »Der Mann hat einfach nur einen Müllsack weggebracht.«

Mabel

Die Tanzfläche ist brechend voll. Weißes Licht zuckt wie Blitze über sich windende Körper, nackte Beine und Arme. Ich komme mir vor, als wäre ich in meiner schwarzen Hose und der Seidenbluse auf der falschen Party gelandet. Der Dresscode im Club Mistral ist eindeutig *dress less* …

Aber diese weite Hose und die Bluse sind die einzigen Kleidungsstücke, in denen ich mich noch einigermaßen wohlfühle. All meine Kleider saßen ein wenig knapp, als wären sie zu heiß gewaschen worden. *Oder als hättest du zu viel gegessen.*

»Was willst du trinken?«, fragt Bo.

»Eine, äh, Cola light.«

»Kommt sofort.« Ihr rotes Kleid schmiegt sich um ihren Körper, und ich kann ihre Bauchmuskeln durch den Stoff sehen. Bo geht mit wiegenden Hüften zur Bar.

»Project Bo ist unterwegs«, sagt Anouk. »An der Bar stehen die Jungs vom Pool.«

Ich sehe, wie Rik, Zach und Tom Bo von oben bis unten begutachten, als würden sie einen Strichcode scannen. Grinsend läuft Bo auf sie zu. Von wegen Getränke holen, jaja.

»Gleich geht's wieder los«, seufzt Anouk.

Ich beobachte, wie Bo gespielt verlegen über etwas lacht, das Rik sagt. Rik legt einen Arm um ihre Schulter. Ganz entspannt und selbstsicher lehnt sie sich an ihn. Ich spüre einen Stich Eifersucht. Wie einfach wäre mein Leben, wenn ich so wäre wie Bo …

Ich versuche mir vorzustellen, dass ich jemanden wie Rik küsse. Vielleicht legt er seine Arme um mich. Vielleicht sucht seine Hand unter meiner Bluse nach meinen Brüsten, oder er streichelt meinen Bauch. Vielleicht verlieben wir uns ineinander, und ich stelle ihn meinen Eltern vor. Ich finde heraus, dass sein Vater Minister ist, und meine Eltern tragen ihn auf Händen. Endlich ist ihre Tochter vernünftig geworden.

Aber es klappt nicht. Sams Gesicht ist noch immer auf meine Netzhaut eingebrannt.

»Hier, ihr faulen Schweinchen, eure Bestellung!«, ruft Bo neben mir.

»Dankeschön«, murmele ich und nehme die Cola, die sie mir reicht.

»War's nett mit Rik an der Bar?«, fragt Anouk.

»Eifersüchtig?«

»Ganz sicher nicht.«

Bo tut so, als würde sie Anouks Bemerkung nicht hören. »Auf uns!« Sie hebt ihr Glas.

Auch wir heben die Gläser, klirrend berühren sie sich. Wir schauen uns an, während unsere Gläser ein viereckiges Herz bilden. Der Bass der Musik dröhnt durch meinen Körper, und mein Herz klopft im selben Rhythmus. Plötzlich kann ich mich wieder daran erinnern, wie gut sich unsere Freundschaft früher anfühlte.

Bo lässt als Erste los. Der Zauber ist gebrochen.

»Prost!« Sie zieht den schwarzen Flachmann mit Wodka aus ihrer Tasche und kippt einen kräftigen Schuss in ihr Glas. »Wusstet ihr übrigens schon, dass Emmas Tante umziehen wird?«

Bamm! Emmas Name schiebt sich mit Karacho in mein Gehirn. Die dunklen Ecken der Tanzfläche kriechen auf mich zu, und für einen kurzen Moment wird mir schwarz vor Augen. Ich atme ein paarmal tief ein und versuche möglichst ruhig zu sagen: »Himmel, nein, das wusste ich nicht.«

»Ich auch nicht«, sagt Lilly leise. »Wohin?«

»Nach Rotterdam«, antwortet Bo. »Wahrscheinlich wird sie dort irgendwo in einer Riesenvilla wohnen. Die Frau ist stinkreich: zwei Autos, ein Wochenendhaus, viermal im Jahr im Urlaub, ein Gärtner.«

Lilly räuspert sich. »Zum Glück muss Emma das nicht mehr mitmachen. Sie hätte es wirklich schrecklich gefunden, nach Rotterdam umziehen zu müssen. Mir ... mir war ihre Tante nie sympathisch. Sie war immer so kühl und distanziert.«

»Das lag bei Emma dann ja wohl in der Familie.« Bo bricht in Lachen aus.

Der Klang ihres Lachens ist so fehl am Platz, dass wir sie mit offenem Mund anstarren.

»Es gibt Grenzen«, schnauzt Anouk sie an. »Und meiner Ansicht nach hast du gerade eine überschritten.«

»Jetzt tu mal nicht so hypersensibel«, sagt Bo. »Du weißt genau, was ich meine. Ich sage es, ihr denkt es nur. Das ist der einzige Unterschied.«

Der Bassrhythmus verändert sich, und die ersten Klänge von *Girls Like You* von Maroon 5 ertönen.

»Kommt, wir gehen tanzen«, sagt Bo ausgelassen, als wäre alles in Ordnung. »Das ist so ein genialer Song!«

Lilly

Der Schweiß rinnt mir über den Rücken. Es fühlt sich an, als hätte ich eine Stunde in der Sauna getanzt. Ich lasse mich auf eines der Sofas an der Wand fallen. Anouk und Mabel tanzen total verrückt auf einen Song, und Bo steht wieder ganz zufällig bei ihrem blonden Typen. Ich muss keine Hellseherin sein, um zu wissen, wie das endet.

Ich lehne mich zurück und schließe die Augen. Mein Herz klopft allmählich etwas ruhiger, meine Atmung verlangsamt sich. Noch sechs Tage, dann ist dieser elende Urlaub vorbei. Wäre es nur ...

»Darf ich mich setzen?« Eine dunkle, schwere Stimme dringt in mein Bewusstsein.

Erschrocken schaue ich auf.

Ein männliches Gesicht schwebt über mir. Dunkle Augen, breite Kinnlinie, Millimeterschnitt. Ich erkenne ihn als einen der Jungs von der Bar, mit denen Bo vorhin gequatscht hat.

»Oh, äh, ja, natürlich.« Ich rücke ein Stück und schaue mich dabei um. Alle anderen Sofas sind noch leer. Warum will er ausgerechnet hier sitzen?

Er setzt sich neben mich. Sein Bein berührt meins. Es dauert etwas zu lang, bis er es wegzieht.

»Du gehörst auch zu den Mädels, oder?« Er macht eine Kopfbewegung zur Tanzfläche hinüber.

»Meinst du Bo, Anouk und Mabel?«

»Ja, genau.«

Er trinkt einen Schluck von seinem Bier. Ich sehe, wie sein Adamsapfel auf und ab hüpft, als hätte er einen Tischtennisball verschluckt.

»Zach«, sagt er und streckt die Hand aus.

»Lilly.« Meine Hand verschwindet fast vollständig in seiner.

»Lilly, schöner Name.«

Er lächelt mich an, wodurch er gleich um einiges freundlicher aussieht.

»Lilien sind die Lieblingsblumen meiner Mutter«, erzähle ich. »Zu meiner Geburt bekam sie einen großen Strauß von meinem Vater. Wusstest du, dass weiße Lilien am häufigsten bei Begräbnissen verwendet werden? Eigentlich ist das ziemlich schade, denn ...« Ich schließe abrupt meinen Mund, weil mir bewusst wird, dass ich mich gerade total lächerlich mache.

»So ein Zufall – Lilien sind auch meine Lieblingsblumen ... Lilly.« Zach legt lässig einen Arm auf die Lehne hinter mir. Ich rutsche ein Stück vor auf dem Sofa, um Abstand zu halten. Er scheint es nicht zu merken.

»Ihr kommt doch auch aus Amsterdam?«, fragt er, und nimmt einen weiteren Schluck Bier.

»Ja.«

»Dann haben wir ja auf jeden Falls *eins* gemeinsam«, sagt er und zwinkert mir zu. »Ich habe doch gleich gemerkt, dass uns was verbindet.«

Das geht ihm ein bisschen zu leicht von den Lippen – bestimmt hat er den Spruch schon öfter bei anderen Mädchen in Diskotheken geprobt.

Aus dem Augenwinkel sehe ich, dass Bo zu mir herüberschaut. Mein Mund formt ein lautloses *Hilfe*.

Sie grinst nur und hebt einen Daumen, als sei sie der Ansicht, ich wäre auf der richtigen Spur.

»Vielleicht können wir uns in Amsterdam ja mal verabreden«, sagt Zach langsam. »Ich studiere Betriebswirtschaft im zweiten Jahr.«

Ich nicke, weil ich nicht weiß, was ich sagen soll.

»Auf welche Schule gehst du eigentlich?«

»Auf das Amsterdams Lyceum.«

Er tut so, als würde er angestrengt nachdenken. »Ist das nicht auch die Schule von dem Mädchen, das vor Monaten verschwunden ist?«

Ich weiß nicht, wie lange ich ihn anschaue. Es können Sekunden sein, aber auch Minuten. Mein Kopf ist wie leergefegt. Was soll ich machen? *Einfach die Wahrheit sagen.*

»Ja, das stimmt«, sage ich mit rauer Stimme.

»Kanntest du sie?«

Von ganz weit weg höre ich meine eigenen Worte kommen. »Ja, sie war eine meiner besten Freundinnen.«

»Wirklich?«

Etwas in Zachs Gesicht verändert sich. Seine Augenbrauen schießen aufeinander zu, und seine Pupillen werden klein, nicht vor Schreck, sondern von einer Art neu angefachtem Interesse. Ich fühle mich unbehaglich.

Wahrscheinlich muss etwas von dieser Verwirrung auf meinem Gesicht zu sehen sein, den Zach sagt: »Ich glaube, das hat in so ziemlich jeder Zeitung gestanden, echt heavy, die Geschichte. Das muss ja ein richtiger Psycho gewesen sein, der sie entführt hat. Wie schrecklich, dass sie deine Freundin war.«

Zach sieht mich mit einem neutralen Blick an, als hätte jemand sein Gesicht wieder glattgebügelt. Habe ich mir den Ausdruck von eben nur eingebildet?

Ich spüre, wie er seinen Arm locker um meine Schulter legt.

»Ich wüsste gern mehr von dir«, flüstert er mir ins Ohr. »Du bist sehr … interessant.«

»J-ja.« Meine Muskeln spannen sich wie bei einem Tier, das in der Falle sitzt.

»Hier ist es sehr warm.« Zachs Finger bewegen sich über meinen Rücken nach unten. »Sollen wir rausgehen?«

Mein Hirn sucht fieberhaft nach Ausreden. »Ich, äh, ich m-muss …«, stottere ich.

Es passiert blitzschnell. Zachs Arme ziehen mich an sich, und seine Zunge schiebt sich in meinen Mund.

Ich bin zu perplex, um zu reagieren. Völlig überrumpelt lasse ich seinen Kuss über mich ergehen. Seine Zunge zuckt hin und her, als hätte Zach etwas in meinem Mund verloren. Ich schmecke seinen Speichel, dick und schleimig, und ich rieche sauren, abgestandenen Schweiß. Ein Würgereiz steigt von meinem Magen nach oben.

»Nein!«

Ich winde mich aus seinen Armen. Zachs Blick ist so distanziert, dass ich ihn fast nicht wiedererkenne. Der nette, interessierte Junge von eben ist verschwunden.

»S-sorry, aber ich habe einen Freund«, lüge ich und versuche, seinen Geschmack runterzuschlucken.

»Das ist für mich kein Problem«, sagt er tonlos.

Eilig springe ich auf. »Also, ich gehe dann mal«, rattere ich hinunter. »Nett, dass wir uns unterhalten haben.«

»Du brauchst nicht wegzugehen«, sagt Zach.

»Das weiß ich, aber ich muss zur Toilette.«

Ohne seine Antwort abzuwarten, mache ich mich davon. Meine Wangen brennen, und mein Herz wummert. Ich schlüpfe in die Damentoilette. Zum Glück ist da gerade niemand. Ich lehne mich an die kalte Fliesenwand. O mein Gott, was ist da eben passiert?

Stell dich nicht so an, sage ich zu mir selbst. Es war nur ein Kuss. Wahrscheinlich hat Zach dich jetzt schon vergessen.

Ich gehe zum Waschbecken und betrachte mich im Spiegel. Meine Augen wirken panisch, und an meinem Hals sind rote Flecken. Warum musste Zach ausgerechnet von Emma anfangen? Es ist, als würde sie mich überallhin verfolgen.

Anouk

01:53 Uhr. Endlich laufen wir zu unserem Zelt zurück. Ich bin schon den ganzen Tag so müde und zittrig, als bekäme ich eine Grippe. Diese Gestalt von gestern Abend hat mich gespalten. Ein Teil von mir ist davon überzeugt, dass es ein Traum war. Eine Wahnvorstellung. Eine idiotische Projektion meines Gehirns. Aber der andere Teil weigert sich, das zu glauben. Stattdessen behauptet er, ich hätte gestern wirklich einen Geist im Wald gesehen. Das spukt ständig durch meinen Kopf.

»Sollten wir nicht auf Bo warten?«, fragt Lilly. »Sonst muss sie das ganze Stück nachher allein laufen.«

»Das hätte sie sich überlegen müssen, bevor sie mit Rik rausging«, sagt Mabel. »Ich werde ganz sicher nicht warten, bis sie fertig ist mit Knutschen.«

»Oh, äh, okay«, sagt Lilly so leise, dass ich sie kaum verstehen kann.

Schon den ganzen Abend über ist sie so verzagt, als hätte sie etwas aus dem Gleichgewicht gebracht. Vielleicht sollte ich ihr ein wenig beruhigendes Patchouli-Öl aufs Kopfkissen sprenkeln. Das hat meine Mutter früher auch immer gemacht, wenn mich etwas beunruhigt hatte. *Und vielleicht solltest du den restlichen Inhalt des Fläschchens dann mal auf deinem eigenen Kissen verteilen!*

Schweigend gehen wir weiter. Nebel hängt über dem Weg, und es ist fast, als würden wir durch Rauch laufen. Die Erde lässt die Wärme des Tages los, denke ich. Aber es ist etwas

Unnatürliches an diesem Nebel. Die Fetzen winden sich um meine Beine, als wollten sie mich umwerfen.

Hör auf, Anouk, du siehst überall Gespenster.

»Sollen wir morgen an den Strand in Fréjus gehen?«, fragt Mabel. »Wir können mit dem Bus fahren. Er fährt am Eingang vom Campingplatz ab.«

»Ja, gute Idee.« Ich schlinge meine Arme um mich. Der Nebel ist jetzt so dicht, dass ich meine eigenen Füße nicht mehr sehen kann. Die feinen Wassertröpfchen sind eiskalt auf meinen nackten Beinen.

Geraschel aus dem Wald. Kaum wahrnehmbar, so leise ist es.

Ich bleibe stehen und spähe ins Dunkel, aber genauso gut könnte ich in einen Eimer mit schwarzer Farbe starren. Bilde ich mir bloß wieder was ein?

Ja, natürlich. Der nüchterne, praktische Teil von mir gibt Antwort. Wahrscheinlich war es einfach der Wind.

Aber dann höre ich es wieder. Geraschel und ein Knacken, als würde jemand durch den Wald laufen. Aus dem Augenwinkel nehme ich eine Bewegung wahr. Ein Schatten, der sich nähert.

Ich mache einen Schritt zurück. Und noch einen. Und dann renne ich plötzlich.

In der Ferne sehe ich Lilly und Mabel. »Wartet auf mich!«, rufe ich, aber sie drehen sich nicht um. Ich höre Zweige hinter mir knacken, als würde mich das Geräusch verfolgen. Meine Füße fliegen über den Asphalt.

Noch drei Meter. Zwei. Einen.

Keuchend greife ich nach Mabels Arm.

Sie schaut mich erschrocken an. »Was ist denn mit dir los?«

Mein Kopf zuckt nach links und rechts und nach hinten.

Der Weg ist verlassen. Nichts bewegt sich, nicht mal ein Zweig.

»Hallo?«, fragt Mabel. »Ist alles in Ordnung?«»

»Oh, äh, ja, alles gut ...« Ich atme ein paarmal tief ein.

»Mir ist kalt«, sagt Lilly in klagendem Tonfall. »Und ich bin müde.«

»Gehen wir zum Zelt«, sagt Mabel. »In Ruhe schlafen.«

»J-ja.« Ich schaue mich noch einmal ins Dunkel um. Kein Schatten. Keine Gestalt. Werde ich langsam verrückt?

Sogar mein nüchterner, praktischer Teil schweigt dieses Mal.

Bo

»Ist dir kalt?«, fragt Rik.

Er schaut mich an. Das schwache Mondlicht macht ihn grau und unwirklich, als gäbe es ihn gar nicht wirklich.

»Ein bisschen«, sage ich.

Mehr Ermutigung braucht er gar nicht. Er legt einen Arm um meine Schulter.

»So besser?«

»Ja«, lüge ich.

»Klasse Abend, was?«

»Ja.«

»Fandst du den DJ auch so gut?«

Ich nicke.

Rik grinst mich an. In seinen Augen lese ich, was er vorhat. Zum Glück sieht er einigermaßen gut aus, sonst wäre ich jetzt weggelaufen.

Er zieht mich noch näher an sich. Mein Kopf liegt an seiner Schulter. Ich kann seinen Herzschlag spüren, kräftig und schnell, und ich versuche mir vorzustellen, dass es für mich schlägt, dass ich in seinem Herzen bin.

Es gelingt mir nicht.

»Du bist sehr schön«, flüstert er mir ins Ohr, während er meinen Nacken streichelt.

Jaja, denke ich.

»Und du riechst so gut.«

Heimlich werfe ich einen Blick auf meine Armbanduhr.

Zehn nach zwei: Wir stehen bestimmt schon eine Viertelstunde draußen. Mabel, Lilly und Anouk sind gleich losgezogen. Auch Riks Freunde haben ihn im Stich gelassen. Ich habe aber gesehen, wie sie Rik zufeixten. Als wollten sie sagen: Die hast du in der Tasche.

Rik beugt sich vor, und seine Zunge schlüpft durch meine Lippen. Heute Morgen kannte ich ihn noch nicht einmal. Jetzt spüre ich seinen Steifen durch mein Kleid. Seine Zunge dreht blitzschnelle Runden um meine. Er küsst nicht übel. Aber ich spüre nichts.

Seine Finger schieben sich unter den Rand meines Slips. Suchend huschen sie hin und her.

»Komm schon«, sagt Rik keuchend. »Oh ja, komm.«

Ich frage mich, ob er mit mir spricht, aber er hält die Augen geschlossen. Hinter ihm sehe ich den Himmel wie ein schwarzes gähnendes Loch – als würde ich geradewegs in mein eigenes Herz schauen.

Das ist ein Fehler.

Genau wie mit all den anderen Jungs.

»Nein«, murmele ich und löse mich aus seiner Umarmung.

Fiebrig sieht Rik mich an. »Kurze Pause?«, fragt er. Ich will mehr, erzählen mir seine Augen.

»Gern.« Lass mich allein, versuche ich mit meinem Blick zu sagen.

»Ist was?«, fragt er.

Ich sehe ihn an, sein Gesicht ist im Schatten seltsam verformt.

Ja, denke ich. Meine Eltern haben immer noch nichts von sich hören lassen. Ich bin jetzt schon fast drei Tage weg, aber es interessiert sie anscheinend nicht die Bohne, was ich mache.

Und als Krönung knutsche ich hier mit einem wildfremden Typen herum, für den ich überhaupt nichts empfinde.

Ich hasse mich.

Aber das kann ich Rik nicht erzählen, er würde es nicht verstehen. Ich verstehe es ja selbst nicht.

»Entschuldige, ich bin ein bisschen müde«, sage ich.

Vielleicht versteht er es. Vielleicht sagt er einfach »gute Nacht«. Vielleicht ist er ja netter, als ich denke.

Leider nicht.

»Wenn du müde bist, können wir auch in mein Zelt gehen und … schlafen.« Seine Augen werden dunkel.

»Ich bin *wirklich* müde«, murmele ich und drehe mich um.

»He, warte mal!«, ruft Rik. »Wo gehst du denn hin?«

»Schlafen.« Mit großen Schritten entferne ich mich von ihm.

»Sollen wir uns für morgen verabreden?« Es klingt ein wenig verzweifelt.

»Vielleicht.«

So schnell ich kann, laufe ich weiter. Meine Augen brennen, und wütend zwinkere ich die aufsteigenden Tränen weg. Es tut mir so leid, dass ich mit ihm geknutscht habe. Alles tut mir leid. Mein Fuß stößt gegen einen Stein. Wütend kicke ich ihn weg. Gibt es eine Reset-Taste für das Leben? Dann würde ich sie *jetzt* drücken und diese ganze Scheiße löschen, bis alles wieder okay wäre.

Mobiltelefon von vermisstem Mädchen gefunden

AMSTERDAM – Das Handy von Emma Timmers, der 16-jährigen Schülerin, die jetzt schon seit rund zweieinhalb Wochen vermisst wird, wurde gefunden. Es lag auf dem Grund eines Badesees im Diemerbos. Am Ufer des kleinen Sees hatte man zuvor schon ihr Fahrrad entdeckt. Die Polizei habe bereits mehr als einhundertfünfzig Hinweise auf das vermisste Mädchen aus Amsterdam erhalten, so ein Sprecher. Das Ermittlungsteam geht momentan allen Hinweisen nach. Das Naturschutzgebiet wird in den kommenden Tagen weiterhin von einer Spezialeinheit durchkämmt.

EIN KLEINER ARTIKEL OHNE FOTO ... ICH HATTE MEHR ERWARTET.

Emma

Ein ziehender, klopfender Schmerz in meinem Kopf weckt mich. Ich versuche, ihn zu ignorieren, und rolle mich wieder in meine Decken. Irgendwie bin ich mir bewusst, dass mein linker Oberarm ebenfalls wehtut. Ein scharfer, brennender Schmerz, als wäre etwas entzündet. Ob ich krank bin?

Ich spüre, dass sich jemand neben mich auf die Bettkante setzt. Eine Hand legt sich auf meine Stirn. So hat mich meine Mutter früher auch immer beruhigt, wenn ich krank war.

»Mama!«, flüstere ich.

Die Hand streichelt mein Gesicht, so sanft und freundlich, dass ich anfange zu weinen.

Wenn das ein Traum ist, will ich nie wieder aufwachen. Aber ich spüre, wie ich schon wieder im nächsten Traum versinke.

Minuten, vielleicht sogar Stunden später, öffnen sich meine Augen. Es ist dunkel und kalt, und das Gefühl der Geborgenheit ist verschwunden. Ich bin allein.

Natürlich bist du allein, sagt eine Stimme in meinem Kopf.

Ich fasse mir an die Stirn. Sie glüht und ist klamm. Ich brauche keinen Arzt, um zu wissen, dass ich hohes Fieber habe.

Plötzlich wünschte ich, der Mann auf der anderen Seite der Tür wäre wieder da, dann hätte ich ihn angefleht, mir Medikamente zu bringen.

Sonntag, 7. Juli 2019

Mabel

In der Hitze flirrt die Luft über dem Sand. Es ist zwei Uhr nachmittags, und ich bin fast mit dem Handtuch verschmolzen, auf dem ich liege. Ich versuche mir vorzustellen, dass mein Fett auch dahinschmilzt und die zusätzlichen Kilos, die ich mir in diesen Ferien angefressen habe, wie eine Ölpfütze versickern. Es klappt nicht.

Seufzend drehe ich mich auf den Bauch. Zum zigsten Mal checke ich mein iPhone. Das Display ist leer. Keine Nachricht von Sam. Die letzte ist von vorgestern, als wir angekommen sind. *Love hurts.* Es ist, als hätte Sam es aufgegeben. Oder eigentlich: als hätte Sam mich aufgegeben. Ich müsste erleichtert sein. Aber ich fühle mich, als hätte ich etwas Wichtiges verloren.

Meine Hand greift in die Tüte mit Süßigkeiten, die ich in meiner Tasche versteckt habe, und ich schiebe mir ein paar Stücke Lakritz in den Mund. Innerhalb weniger Sekunden habe ich sie aufgegessen, und danach fühle ich mich noch elender. Tränen füllen meine Augen.

»He Mabel, wo bleibst du?«, höre ich Bos Stimme.

Ich zwinkere ein paarmal mit den Augen. Bo kommt jetzt schärfer ins Bild. Sie steht in der Brandung und winkt. Lilly und Anouk stehen neben ihr.

»Wir spielen Volleyball. Zwei gegen zwei«, schreit sie noch lauter.

»Jaja, ich komm ja schon«, murmele ich und stehe auf.

Der Sand ist so heiß, dass ich mir fast die Fußsohlen verbrenne. Hopsend renne ich zum Meer hinunter. Mit einem großen Platsch lasse ich mich ins lauwarme Wasser fallen und tauche ab. Ein paar Sekunden treibe ich reglos vor mich hin. Ich wünschte, ich wäre ein Fisch oder eine Meerjungfrau und könnte unter Wasser davonschwimmen. Zu einem anderen Ort. Einer anderen Welt. Einem anderen Leben. Meine Lunge zieht sich zusammen, und ich lasse drei Luftblasen ausströmen. Dann halte ich es nicht mehr aus.

Nach Luft schnappend komme ich an die Oberfläche.

»He, dickes Walross!«, schreit Bo. »Fang!«

Der Ball verfehlt um ein Haar meinen Kopf.

»Hast du sie noch alle?« Ich zupfe an meinem Oberteil.

Bo tut so, als könne sie mich nicht hören. »Du bist mit Lilly in einem Team«, kommandiert sie.

Lilly watet auf mich zu. Ihre Schultern hängen fast im Wasser. Als wäre sie seit heute Morgen geschrumpft.

»Wir fangen an«, sagt Bo und schleudert ihre nassen Haare zurück. »Du darfst aufschlagen.« Sie reicht Anouk den Ball.

Anouks Armbänder klirren, als sie abschlägt. Wie ein Komet fliegt der Ball auf uns zu.

»Lilly, für dich!«, rufe ich.

»Oh, äh, ja.« Lilly springt ungeschickt nach dem Ball und verschwindet unter Wasser. Der Ball landet ein paar Meter weiter auf den Wellen.

»Yes, 1–0!«, schreit Bo. »Give me a B! Give me an E! Give me an S! Give me a T! What's the spell? Best! Best! Best!«

»Ihr seid dran«, sagt Anouk und wirft mir den Ball zu.

Ich drehe den Ball in meinen Händen und versuche, mich auf einen Punkt zu konzentrieren.

»Wir machen euch fertig«, schreit Bo.

Sie geht mir auf die Nerven.

»He, seht ihr den Typ da hinten?«, rufe ich und zeige in die Ferne. »Könnte glatt Harry Styles sein.«

Bos Kopf fliegt rum.

Bamm! Knallhart schmettere ich den Ball in ihre Richtung. Er trifft sie an der Schulter.

»Au!« Erschrocken reibt sich Bo den Arm. »Bist du verrückt geworden?«

»1–1.«

»Niemals! Du schummelst!«

»2–1. Ein Strafpunkt, weil du nicht verlieren kannst.«

»Ja, denkste!«

Anouk klatscht vor Lachen in die Hände. »Dein Gesicht, Bo! Dachtest du wirklich, dort liefe Harry Styles?«

»Guck dich selber an.« Bo lässt sich rücklings ins Wasser fallen. »Ich habe keine Lust mehr.«

»Hast du etwa einen Kater?«, frage ich gespielt besorgt. »Vielleicht solltest du dich mal von deinem Wodkafläschchen verabschieden?«

»Ich mache dir gleich eine Tasse Kamillentee«, sagt Anouk.

»Kein Bedarf!« Bos Kopf verschwindet jetzt auch unter Wasser. Nur zwei hochgestreckte Mittelfinger ragen noch heraus.

»Es ist kurz nach vier«, sagt Lilly, als Bo wieder an die Oberfläche kommt. »Sollen wir gleich zum Einkaufen auf den Campingplatz zurück?«

»Ich bin für Hamburger beim Burger King«, sagt Bo und

schwimmt auf uns zu. »Oder hat jemand extrem viel Lust zum Kochen?«

Es bleibt still.

»Top, dann wird es wohl ein Whopper!«, sagt Bo und grinst.

Anouk

»So ein Mist!«

Sobald Bo das sagt, weiß ich, dass wir ein Problem haben.

»Was ist das denn hier für ein Scheißland?«, murrt sie. »Der letzte Bus fährt um sieben Uhr!«

»Lass mich mal gucken.« Mabel späht auf das Schild mit den Abfahrtszeiten. »Äh, ja, der letzte Bus ist tatsächlich vor ein paar Minuten abgefahren.«

»Das habe ich doch gesagt!«

Mabel seufzt. »Wenn du nicht unbedingt Hamburger hättest essen wollen, wären wir jetzt schon auf dem Campingplatz.«

»Oh, ist es auf einmal meine Schuld?« Bo stemmt die Hände in die Hüften.

»Das sind deine Worte, nicht meine.«

»Hör zu, wenn du nicht unbedingt einen zweiten Hamburger hättest essen wollen, hätten wir den Bus auch gekriegt.«

Mabel stemmt jetzt ebenfalls die Hände in die Hüften. »Bitte?«

So wie sie dasteht – mit funkelnden Augen, einem roten, verschwitzten Gesicht und einem T-Shirt voller Fettflecken – ähnelt sie in nichts mehr der gepflegten jungen Frau, die drei Tage zuvor in den Bus gestiegen ist.

»Leute«, beschwichtige ich. »Keiner hat Schuld. So was passiert eben.«

»K-kommen wir denn überhaupt noch zurück zum Campingplatz?«, fragt Lilly. Ich schaue zu ihr hinüber. Sie starrt mich mit großen Augen an.

»Na klar!«, sage ich und lächele. »Wir finden schon eine Lösung.«

»Sollen wir ein Taxi rufen?«, fragt Mabel.

»Na, toll – das kostet bestimmt fünfzig Euro. Wir haben nicht alle ein Konto wie Paris Hilton«, schnaubt Bo. »Ich bin für Laufen.«

»Laufen? Das ist eine mehrstündige Wanderung!« Mabel sieht sie ungläubig an.

»Nicht, wenn wir die Wanderstrecke durch den Wald nehmen. Auf der Karte vom Campingplatz habe ich gesehen, dass man damit ein ganzes Stück spart.« Bo zieht ihr Handy aus der Tasche. Ihre Finger flitzen über das Display. »Schaut her.«

Wir starren alle auf die blaue Linie, die sich über die Karte von Google Maps windet. So sieht es wirklich aus, als wäre es lässig zu schaffen.

Mabel zuckt mit den Schultern. »Okay, prima, dann laufen wir eben. In welche Richtung müssen wir?«

»Äh, Moment.« Bo dreht ihr Handy um hundertachtzig Grad. Schon jetzt sieht es aus, als hätte sie die Orientierung verloren. »Wir müssen erst ein Stück die Küstenstraße entlang, und nach ungefähr einem Kilometer kommt der Weg. Let's go!«

Wie Gänse laufen wir hintereinander durch die Böschung. Autos zuckeln im Schritttempo an uns vorbei. Der Strandtag ist vorbei, und alle fahren nach Hause. Wolkenfetzen treiben wie graue Federn am Horizont. Es sieht so aus, als würde das Wetter umschlagen.

»Das muss es sein.« Bo späht von ihrem Handy zum Wald-rand und wieder zurück.

Wir starren alle vier auf den überwucherten Weg, der sich in den Wald schlängelt. Vielleicht liegt es an der einfallenden Dämmerung, vielleicht daran, dass ich müde und verschwitzt bin, aber ich habe das Gefühl, als stünden überall unsichtbare Schilder: GEH ZURÜCK! LEBENSGEFAHR! Als wollte mich meine Intuition vor etwas warnen.

»Ich gehe vor«, sagt Bo.

Wie Rambo schlägt sie sich ins Gebüsch. Innerhalb weniger Sekunden hat der Wald sie verschluckt.

»He, ihr Schlafmützen, kommt ihr heute noch?«, ruft sie.

»Schöne Strecke, Bo«, sagt Mabel sarkastisch, aber sie ver-schwindet trotzdem als Zweite im Wald.

Lilly folgt ohne ein Wort. Ich hole tief Luft und betrete als Letzte das Gebüsch.

Schlingpflanzen und Unkraut haben den Weg fast völlig überwuchert. Wahrscheinlich ist es Jahre her, dass die letzten Menschen hier langgelaufen sind.

Zweige piksen mich in die nackten Arme, und meine Flip-flops versinken tief in der dunklen sumpfigen Erde. Die Auto-geräusche von der Küstenstraße verebben allmählich, bis wir ganz allein mit den Geräuschen des Waldes sind. Geraschel, Knacken, der tiefe Ruf eines Tieres. Ich bin ein Besucher in einer Welt, die nicht die meine ist.

»Habt ihr auch so ein schönes Zen-Gefühl?«, ruft Bo. »Ich spüre richtig, wie ich zur Ruhe komme.«

»Wir sollten nicht vergessen, uns gleich mal auf Zecken ab-zusuchen«, sagt Lilly. »Meine Mutter sagt immer, mehr als die Hälfte der Zecken übertragen Borreliose. Das kann man an dem roten Ring um den Biss erkennen und …«

»Interessiert mich nicht«, schneidet Bo ihr das Wort ab.

Schweigend laufen wir weiter. Die Tageshitze hängt unter dem Blätterdach. Der Stoff meines Kleides klebt an meiner Haut, und wenn ich mir über die Lippen lecke, schmecke ich das Salz von meinem Schweiß und dem Meer. Auf dem Campingplatz werde ich mich gleich in den Pool stürzen, um …

Ein Schauer läuft mir über den Rücken, und mir ist plötzlich eiskalt. Ich spüre ganz genau, dass mich jemand beobachtet.

Hektisch drehe ich den Kopf nach hinten.

Nach vorn.

Zur Seite.

Niemand.

Eine leise Brise kommt auf, und ich blicke nach oben. Das Blätterdach über uns setzt sich in Bewegung. Die Haare auf meinen Armen stellen sich auf, als wollten sie mich schützen.

Lilly und Mabel schreien, und ich höre Bo «Passt auf!« rufen.

Ein kreischender brauner Federball schießt aus den Blättern hervor. Unter lautem Flügelschlagen fliegt er davon.

Die Stille des Waldes umschließt uns wieder.

»W-was war das?«, fragt Mabel schließlich.

»Das war bloß eine Eule, Trottel.« Bo zieht eine Grimasse. »Mann, aber von eurem Geschrei habe ich fast einen Herzinfarkt bekommen.«

»Ich will zum Campingplatz«, sagt Lilly leise.

»Ich auch, darauf kannst du Gift nehmen«, sagt Bo. »Aber wir haben ein kleines Problem. Ich habe kein GPS mehr … links oder rechts?«

Der Weg vor uns teilt sich. Links verschwindet er im dichten Gebüsch, rechts ist er so überwuchert, dass ich mich frage, ob es überhaupt ein Weg ist.

»H-haben wir uns verirrt?« Lilly beißt sich auf die Lippe, aber damit kann sie das Zittern ihrer Stimme auch nicht verhindern.

»Natürlich nicht«, sagt Mabel lächelnd zu Lilly. Und dann zu Bo, in scharfem Ton: »Gibst du mir mal dein Handy?«

Verärgert streckt Bo die Hand aus. »Wenn du glaubst, dass es bei dir mehr Empfang hat?«

Mabel ignoriert Bos Bemerkung. »Bei so einer Karte gibt es immer einen Kompass. Vom Strand aus liegt der Campingplatz im Norden.« Sie späht mit zusammengekniffenen Augen auf das Display. »Also müssen wir nach rechts. Zweifel ausgeschlossen. On y va!« Ohne Zögern läuft sie in den Dschungel, als würde sie einen Weg erkennen.

»Blödes Getue«, murrt Bo, aber sie setzt sich trotzdem in Bewegung.

Ich seufze und gehe ebenfalls los. Bleibt mir ja auch nichts anderes übrig. Hinter mir höre ich, wie Lilly auf ein paar Ästchen tritt.

»Geht's?«, frage ich.

»Ja.« Ihre Stimme klingt heiser, sodass ich eher vom Gegenteil ausgehe.

Unsere Strecke führt uns immer weiter in die Dämmerung des Waldes, als würden wir vor dem letzten Tageslicht fliehen. Vielleicht kommt es durch die drückende Wärme, die hier hängt, oder durch den Geruch modernder Blätter, aber ich habe das Gefühl, ich bekomme kaum Luft.

»Mist.« Bo bleibt stehen und schaut nach oben. »Ich glaube, wir haben noch ein Problem.«

Ich folge ihrem Blick.

Der Himmel über den Bäumen ist violettschwarz, als wäre es Nacht. Jetzt erst fällt mir auf, wie unnatürlich still es ist. Wo sind all die Tiere geblieben?

»Oh nein, es wird doch kein Gewitter geben?« Vor lauter Panik flüstert Lilly fast. »Meine Mutter sagt immer, dann ist es lebensgefährlich in einem Wald.« Ihre Stimme wird mit jedem Wort dünner.

»Es muss immer erst regnen, bevor es gewittert«, sagt Mabel überraschend glaubwürdig. »Also brauchst du dir keine Sorgen zu machen.«

»W-wirklich?«

»Wirklich.«

»Sehr gemütlich, euer Geplänkel übers Wetter.« Bo gibt ein heftiges Nasenschnauben von sich. »Aber ich mache mich jetzt auf.« Mit großen Schritten geht sie weiter.

»Komm, lass uns auch gehen«, sagt Mabel zu Lilly und lächelt.

Hintereinander folgen wir Bo. Der Himmel wird immer dunkler, bis wir in einer Welt laufen, aus der alle Farbe verschwunden ist. Meine Sinne sind so geschärft, dass ich die statische Elektrizität in der Luft fast spüren kann.

Eine Brise, kalt auf meiner warmen Haut.

»Wir kommen gut voran«, sagt Mabel viel zu munter. »Wir sind fast da.«

Die Brise wird zu einer Bö, die an den Ästen der Bäume zerrt und die Blätter flach gegen die Zweige presst. Und dann zerplatzt ein Regentropfen auf meinem Arm. Und einer auf meiner Wange. Und auf meiner Stirn. Immer schneller fallen sie, bis der Himmel aufreißt und es wie aus Kübeln schüttet.

Es gewittert erst, wenn es regnet … Unruhig drehe ich meinen Kopf nach hinten.

Der Regen hat Lilly verschluckt. Es ist, als wäre ich unter Wasser: Ich kann nicht weiter als ein paar Meter vorausschauen.

»Lilly?«, rufe ich.

Keine Antwort.

»Lilly!«

Ihr Name wird weggespült.

Sie ist verschwunden … Der Gedanke ist so klar, dass ich mich nicht vor ihm verschließen kann.

»Beeilt euch mal. Ich werde klatschnass.« Wie ein Geist tritt Bo aus dem Regen zum Vorschein.

»Lilly ist weg.« In dem Moment, in dem ich es sage, höre ich meine eigene Angst.

»Wie meinst du das: ›Lilly ist weg‹?«

»Ich … ich weiß es nicht.«

Bo starrt mich mit zusammengekniffenen Augen an. Sie sieht aus, als wäre sie mit Kleidern schwimmen gegangen. Das T-Shirt klebt auf ihrer nassen Haut.

»Wo bleibt ihr denn bloß?« Hinter Bo taucht Mabel auf. »Ich glaube, wir müssen uns jetzt doch ein bisschen beeilen.«

»Lilly ist weg«, sagt Bo scharf.

»Wieso?«

»Keine Ahnung. Anouk faselt etwas in die Richtung.«

Der Himmel leuchtet weiß auf. In der Ferne erklingt ein dumpfes Grollen.

»Mist, es gibt wirklich ein Gewitter. Wir müssen so schnell wie möglich hier weg.« Bo fängt an zu laufen.

»Aber was ist mit Lilly?«, rufe ich.

»Die schafft das schon.« Bo läuft weiter.

Ich schaue verblüfft auf ihren Rücken, der im Regen verschwindet.

»Spinnst du?«

Endlich bleibt Bo stehen. Sie dreht sich langsam um. Für einen ganz kurzen Moment scheint es, als würde ich den Anflug eines Lächelns sehen. »Dann geh sie halt suchen!«

Weißes Licht. Im sekundenlangen Blitz starren wir uns an. Ich sehe an ihrem Blick, dass sie keinen Scherz macht. Wut flammt durch meine Angst.

»*Wir* werden sie suchen«, sage ich. »Ich gehe nach rechts, Mabel nach links, und du bleibst hier, für den Fall, dass Lilly hierherkommt. In fünf Minuten treffen wir uns hier wieder. Okay?«

Das ist keine Frage. Zum Glück kapiert das selbst Bo.

»Wenn es dich glücklich macht«, schmollt sie. »Nervenbündel.«

Lilly

Ich habe sie verloren.

Der Regen hat Anouk, Mabel und Bo ausgelöscht, als hätte es sie nie gegeben. Warum habe ich den Abstand auch so groß werden lassen? Im Kopf kenne ich die Antwort. Weil meine Füße wehtaten, weil sie so schnell liefen, weil ich müde war ...

Wegen der aufsteigenden Tränen fängt meine Nase an zu kribbeln. Komm schon, Lilly, rede ich mir zittrig zu, gleich hast du sie wieder eingeholt. Schniefend laufe ich weiter. Der Regen hat den Wald in verschwommene graue und braune Flecken verwandelt.

»Anouk? Mabel?« Meine Stimme kann Regen und Wind kaum durchdringen.

»Anouk! Mabel!«, rufe ich, so laut ich kann.

Noch immer keine Antwort.

Langsam, ganz langsam bröckelt meine Selbstbeherrschung. Was, wenn ich sie wirklich verloren habe? Dann bin ich hier ganz allein, während es immer dunkler wird.

Vielleicht gibt es wilde Tiere, die mich ... Nein! Ich schiebe die Panik weg und hole tief Luft. Es ist gar kein Problem, ich brauche nur dem Weg zu folgen, und dann finde ich sie ganz von allein. Oder?

Mit wackligen Beinen laufe ich weiter. In der Ferne erklingt ein dumpfes Grollen, wie von einem Bären, der aus dem Winterschlaf erwacht. *Schneller, schneller.*

Aus den Augenwinkeln sehe ich, wie sich der Wald bewegt.

Ich bleibe stehen und spähe durch den dichten Regenvorhang. Es ist fast unmöglich, mehr als ein paar Meter nach vorn zu schauen. Habe ich es mir eingebildet? Aber dann sehe ich es wieder. Eine dunkle Silhouette in der Ferne. Ich fange laut an zu lachen. Na bitte, ich habe sie schon gefunden!

»Anouk! Mabel! Bo!«

Die Silhouette bewegt sich von mir weg wie ein Fisch unter Wasser.

Mist, sie hören mich natürlich nicht durch den Regen. Ohne nachzudenken, fange ich an zu laufen.

»Huhu, ich bin hier!«

Ein tief hängender Ast streift meine Wange. *Weiterlaufen!*, sage ich mir selbst, sonst verliere ich sie gleich wieder. Keuchend renne ich durch den dichten Wald. Ich habe das verzweifelte Gefühl, dass die Gestalt immer wieder an einer anderen Stelle im Regen auftaucht.

Ich sauge Luft in meine Lunge und schreie: »Wartet auf mich!«

Ein Blitz – als ginge das Licht für den Bruchteil einer Sekunde an, lange genug, um alles für einen Moment haargenau zu sehen. Ich bleibe stocksteif stehen. Hier ist überhaupt niemand! Ich bin einem Baum hinterhergelaufen. Oder einem Strauch. Aber keinem Menschen. Wie konnte ich bloß so dumm sein?

Der Donner rollt auf mich zu, lauter als eben.

O mein Gott, das Gewitter kommt näher! Ich muss so schnell wie möglich weg hier. Aber wo ist der Weg geblieben? Panisch blicke ich mich um. Im Regen sieht alles gleich aus!

Ich habe mich verirrt.

Plötzlich muss ich an meine Mutter denken. Als ich sechs war, bin ich einmal am Strand verloren gegangen. Ich war total panisch und dachte, ich würde sie nie wiedersehen. Erst nach einer halben Stunde habe ich sie wiedergefunden. Danach hat sie in großen Ziffern ihre Telefonnummer mit einem Marker auf meinen Arm geschrieben, wie eine Art Brandzeichen. Aber das war eigentlich überflüssig. Ich dachte nicht im Traum daran, mich jemals noch einen Schritt von ihr zu entfernen!

Wieder ein Blitz. Nach ein paar Sekunden folgt brausender Donner. Panisch versuche ich, mich an die Regel zu erinnern. Irgendwas mit der Anzahl der Meter und der Entfernung …

Auf einmal fällt es mir wieder ein: Jede Sekunde steht für dreihundert Meter. Das Gewitter ist nur noch einen Kilometer von mir entfernt! Und ich bin ein laufender Blitzableiter, nass geregnet zwischen den Bäumen.

Jetzt habe ich so große Angst, dass ich kaum noch Luft holen kann. *Ich werde hier sterben.* In ein paar Wochen werden sie meine Leiche finden. Meine Haut wird schrumpeln und sich ablösen, weswegen ich kaum zu identifizieren sein werde.

Ob es Emma auch so ergangen ist?

Eine Explosion aus weißem Licht. Die Erde bebt unter meinen Füßen.

Ich fange an zu rennen, ohne zu wissen wohin. Regen strömt über meine Wangen. Oder sind es Tränen? Ich kann den Unterschied nicht mehr ausmachen. Mein Fuß bleibt an einer Baumwurzel hängen, und ich falle. Ein heftiger Schmerz schießt durch meine Knie. Betäubt bleibe ich sitzen. Die nasse Kälte der Erde kriecht durch meinen Körper nach oben.

Ein Blitz und ein Schlag zur gleichen Zeit.

Das Gewitter ist jetzt unmittelbar über mir!

Ich fange an zu zittern, und meine Atmung geht mit mir durch.

»Lilly …«

Mein Name. So zart wie ein Flüstern. Bilde ich es mir ein?

»Lillyyyy ...«

Die Zweige rauschen im Rhythmus der Buchstaben meines Namens. In meiner Fantasie ist es meine Mutter, die mich ruft.

»Mama.«

Ich rappele mich auf.

»Lilly. Lilly. Lilly.«

Ich höre jetzt überall meinen Namen. Links. Rechts. Hinter mir.

»Hier bin ich«, flüstere ich. Schwankend drehe ich mich um meine eigene Achse. »Lass mich bitte nicht allein, Mama.«

Ich spüre etwas hinter mir und drehe mich um.

Ein dumpfer Schlag. Den Bruchteil einer Sekunde später folgt der Schmerz, als würde mein Schädel in Tausende Stücke zerbrechen. Über meine rechte Schläfe fließt etwas Warmes.

Ich höre Stimmen. Sie alle rufen meinen Namen.

Lilly ... Lilie ... Todesblume ...

Schwindelig falle ich auf meine Knie. Als Letztes sehe ich das weiße Blitzlicht. Es löscht alles aus.

Anouk

Im Licht des Blitzes sehe ich sie. Sie sitzt auf einer Waldlichtung zwischen lauter abgerissenen Blättern und Zweigen. Vor Erleichterung fange ich laut an zu lachen.

»Lilly«, rufe ich noch einmal. »Was machst du da?«

Lilly wendet mir ihr Gesicht zu.

Man sagt manchmal, dass die Welt aufhören kann, sich zu drehen. Dass die Zeit langsamer laufen kann. Dass ein Moment einfrieren kann. Als Lilly mich anschaut, passiert das alles auf einmal. Ich höre weder Wind noch Unwetter. Ich spüre den Regen nicht mehr. Mein Herzschlag und meine Atmung stocken.

Lilly stöhnt.

Schlagartig dreht sich die Welt wieder.

»Lilly, was ist passiert?«, rufe ich und renne auf sie zu. Ihre Augen sind weit aufgerissen, aber sie scheint mich nicht zu sehen.

Ich knie neben ihr und halte ihr Gesicht fest. Die rechte Seite ihrer Stirn ist voller Blut. In der Mitte der Wunde glitzert etwas Weißes, als würde der Knochen durch ihre Haut stechen. Mein Magen zieht sich zusammen, und ich spüre, wie die Galle in meiner Kehle aufsteigt.

»W-was ist passiert?«

Lilly macht den Mund auf und zu, aber es ist kein Laut zu hören. Ich spüre, wie ihre Muskeln unter meinen Händen zittern. *Das ist nicht gut. Gar nicht gut.*

»Lilly, sag etwas, bitte«, flehe ich.

Sie jammert unverständlich.

Ich versuche Lilly hochzuziehen. »Kannst du aufstehen?«

Wie eine Lumpenpuppe hängt sie an mir. Ich schüttele sie hin und her. »Lilly, bitte.«

Plötzlich habe ich das Gefühl, dass die Dämmerung um uns herum noch dunkler wird. *Wir sind nicht allein.* Ich weiß nicht, warum ich das denke, aber ich bin ganz sicher, dass es stimmt.

Mit aller Kraft, die ich in mir habe, ziehe ich Lilly hoch. »Stütz dich auf mich«, keuche ich. »Und versuch, dich gut festzu…«

Die Luft über uns explodiert. Ein grellweißer Blitz schießt aus dem Himmel und berührt mit einem ohrenbetäubenden Knall die Erde. Ich kann den Schlag bis ganz tief in meinem Inneren spüren. Das war nah. Zu nah.

Gemeinsam mit Lilly stolpere ich vorwärts. Es ist, als würde ich einen Betonblock mit mir schleppen. Das halte ich nicht mal eine Minute aus! Ich versuche, mir ein paar einfache Ziele zu setzen. *Lauf zu diesem Baumstumpf. Geh an dem Busch vorbei.* Meine Füße gehorchen den Befehlen. *Bei dem schiefen Baum da hinten darfst du dich kurz ausruhen.*

Keuchend bleibe ich stehen. Eins ist ganz sicher: Ich brauche Hilfe.

»Mabel! Bo!« Meine Worte werden wie Papierfetzen vom heftigen Wind davongetragen.

Mabel. Bo. Hier sind wir. Kommt uns bitte holen. Im Stillen rufe ich sie und hoffe, dass meine Worte sie telepathisch erreichen.

»Anouk.«

Mein Name! Es dauert ein paar Sekunden, bevor ich begreife, dass es Lilly ist.

»Es … ich … jemand …«

Sie versucht, mir etwas verständlich zu machen. Ich sehe in ihre Augen und versuche, ihre Gedanken zu lesen, aber ich sehe nur Angst.

»Pssst, alles wird gut«, beruhige ich sie. Zum Glück schaut sie wieder weg, sonst könnte sie die Angst in meinem eigenen Blick erkennen.

Ein Blitz verleiht dem Wald für einen Augenblick Konturen. Bäume. Äste. Und … eine Gestalt, versteckt zwischen den Blättern. Ein Schrei entschlüpft meinem Mund.

Siehst du, hier ist wirklich jemand!

Es wird wieder dunkel. Erstarrt vor Angst fixiere ich die Stelle, an der die Gestalt stand. Wie ein Chamäleon ist sie mit der Dämmerung verschmolzen. Mein Kopf schießt von links nach rechts. Sie kann überall sein.

Um mich herum höre ich brechende Zweige. Ich weiche zurück.

»Was …« Lilly klammert sich wie eine Ertrinkende an mich.

Ich kann sie nicht beruhigen.

»Anouk.« Mein Name, geflüstert durch den Wind.

Noch ein Schritt nach hinten. Ich ziehe Lilly mit, bis wir mit dem Rücken an einem Baum stehen.

»Anouk.« Wieder mein Name, jetzt böse und scharf.

Ein schwarzer Schatten löst sich aus dem Dunkel. Ich beuge meinen Oberkörper über Lilly in einem Versuch, sie zu schützen.

Der Schatten fällt über mich. Ich kneife die Augen zu und spüre, wie meinem Körper alle Wärme entzogen wird.

»Was zum Teufel macht ihr hier?«

Der Schatten redet … wie Bo.

Ich öffne die Augen. Einige Sekunden lang starre ich Bo sprachlos an. Plötzlich fühle ich mich sehr dumm.

»Was glotzt du so?«, schnauzt sie.

Ich schüttele den Kopf, und diese kleine Bewegung reicht – mir wird schwindelig.

Ein Blitz. Hinter Bo sehe ich Mabel.

»Zum Glück, da seid ihr ja!«, sagt sie. »Ich habe mir solche Sorgen gemacht!«

»Was ist mit ihr los?« Bo zeigt auf Lilly, die sich schlaff auf mich stützt.

»Sie ist … Ich habe …«, stammele ich.

»Du blutest!« Mabel sieht mich mit großen Augen an.

»Hä?« Ich schaue nach unten und sehe einen dunkelroten Fleck auf meiner Schulter. Im Regen wirkt es noch schlimmer. Rote Tränen tropfen an meinem Arm hinunter.

»Nein, nein«, sage ich heiser. »Lilly ist verletzt, nicht ich.«

Als wäre das ihr Zeichen gewesen, blickt Lilly uns an. Ich sehe, wie grau und bleich ihr Gesicht ist. Ihre Kopfwunde blutet stärker als vorhin.

»O mein Gott«, schreit Mabel. »Sie stirbt!«

»Komm mal runter«, zischt Bo.

Mabel heult mit langen Schluchzern. »Sie stirbt. Genau wie Emma!«

Es passiert im Bruchteil einer Sekunde. Bo schlägt Mabel mit der flachen Hand ins Gesicht. Ich sehe einen weißen Abdruck auf ihrer Wange, die sich blitzschnell rot färbt.

»Niemand stirbt hier. Stell dich nicht so an.« Bo klingt wie eine Mutter, die ihr Kleinkind zurechtweist.

Mabel starrt auf die Erde.

»Wir müssen so schnell wie möglich zum Campingplatz«, sagt Bo. »Dort können wir einen Arzt rufen.«

Zum ersten Mal bin ich froh, dass sie die Führung übernimmt. »Okay.« Ich nicke. »Kann mir jemand mit Lilly helfen?«

»Ja.« Bo hakt ihren Arm unter den von Lilly. »Stütz dich auch auf mich. Kannst du noch?«

»Ein w-wenig«, stammelt Lilly, aber sie hält Bos T-Shirt so fest, dass ihre Knöchel weiß werden.

»Und dann erzählst du mir endlich, was passiert ist.« Es klingt freundlich, aber Bos Blick ist drängend.

»E ... ie ... ame«, flüstert Lilly. Ich verstehe kein Wort.

»Bitte?« Bo kneift die Augen zusammen.

»Name ... Jemand ... rief meinen Namen ...« Lilly stöhnt, als würde es sie übermenschliche Anstrengung kosten, das zu sagen.

»Vielleicht sollten wir dieses Gespräch lieber nachher fortsetzen«, sagt Mabel leise. »Lilly muss so schnell wie möglich ...«

»Psst«, zischt Bo. Und zu Lilly: »Wie meinst du das, jemand rief deinen Namen?«

»Im Wald ...«, keucht Lilly. »Ich sah jemanden laufen ... dachte, ihr seid es ...«

Eiseskälte breitet sich in meinem Körper aus. Ich habe auch eine Gestalt zwischen den Bäumen gesehen! Das war Bo, sagt der rationale Teil meines Hirns. Oder nicht, flüstert der andere Teil. Ich gebe mir große Mühe, ihn nicht zu beachten.

»Im Regen sieht alles gleich aus«, sagt Bo schulterzuckend, als würde das alles erklären. »Aber wie kommst du an diese Wunde?«

Lillys Kopf fällt wieder vornüber.

»Lilly!« Bos Stimme zittert.

»Ich weiß es nicht«, sagt sie leise.

»Wahrscheinlich bist du gegen einen Baum oder einen tief hängenden Ast gelaufen.« Bo lässt es klingen, als wäre sie selbst dabei gewesen.

»Ja, wahrscheinlich«, flüstert Lilly, noch immer mit niedergeschlagenen Augen.

»Schön, dann wäre das ja geklärt.« Bo lächelt. »Let's go. Anouk, bist du startklar?«

»Äh, ja«, murmele ich.

Lillys Arm fühlt sich verkrampft an in meinem. Ich spüre, wie verzweifelt sie versucht, ihre Tränen zurückzuhalten.

»Links, rechts, links, rechts«, begleitet Bo jeden Schritt, den Lilly macht. »Sehr gut.«

Mabel geht ein paar Meter hinter uns.

»Bei dem großen Baum da vorn biegen wir nach links ab, und dann sind wir fast da.« Bo scheint auf einmal genau zu wissen, wohin wir müssen. Ich bin zu müde für das Stimmchen in mir, dem das komisch vorkommt.

Meine Füße schlurfen durch die nassen Tannennadeln. Ganz weit entfernt grollt es noch, aber so schnell, wie das Unwetter aufkam, ist es auch schon weitergezogen. Schweigend laufen wir weiter. Die Stimmung ist unbehaglich, als wären wir flüchtige Bekannte, die sich nichts zu erzählen haben. *Oder gute Freunde, die sich viel zu verschweigen haben.*

»So, da sind wir.« Bos Stimme durchbricht meine Gedanken.

Zwischen den Bäumen erkenne ich den Zaun und dahinter unser Zelt. Am Horizont leuchtet der Himmel weiß auf – ein letzter Gewittergruß. Ganz kurz, aber lange genug um zu sehen, dass da jemand neben unserem Zelt steht. Ein junger Mann mit blonden Haaren. Rik! Was um Himmels willen will der an unserem Zelt?

Ich lasse Lilly los und bleibe stehen. Rik scheint verschwunden.

»Lieber Himmel, Anouk, warum hast du Lilly losgelassen?«, höre ich Bo fragen. »Sie ist viel zu schwer für mich allein.«

Ich schaue sie an, sie starrt ärgerlich zurück. Aber ich sehe weder Erstaunen noch Angst in ihrem Blick. Sie hat Rik nicht gesehen. Und Lilly und Mabel auch nicht, glaube ich.

»Ist irgendwas?«, fragt Bo giftig.

»Nein«, sage ich leise. Es gibt Wichtigeres, um das wir uns jetzt kümmern müssen. Um Lilly zum Beispiel.

Neue Fotos im Fall der vermissten Emma Timmers
Von unserem Korrespondenten

AMSTERDAM – Im Fall der vermissten Emma Timmers (16) aus Amsterdam hat die Polizei zwei Fotos freigegeben.
Es handelt sich um ein Foto eines Tanktops aus Baumwolle (Größe M) der Marke Mango. Emma trug ein ähnliches Top am Abend ihres Verschwindens, der mittlerweile schon rund drei Monate zurückliegt. Auffallend an dem grauen Kleidungsstück sind die Pailletten auf der Vorderseite.

Das andere Foto, das die Polizei veröffentlicht hat, stammt von Emmas Ring. Dieser goldfarbene Ring hat eine markante Rautenform und ist bei der Ladenkette Zara erhältlich.

Die Polizei hofft, dass die Fotos neue Hinweise liefern. »Von Emma fehlt noch immer jede Spur«, so eine Sprecherin.

Wer weitere Informationen hat, wird gebeten, über die Telefonnummer 0900 – 8844 Kontakt mit der Polizei aufzunehmen. Auch über das Hinweisformular auf www. politie.nl können Informationen übermittelt werden.

DAS TOP UND DER RING SIND IDENTISCH MIT DEN SACHEN, DIE ICH GERADE IN DEN HÄNDEN HALTE. SIE HABEN NUR VERGESSEN ZU ERWÄHNEN, DASS DIE PAILLETTEN GOLDFARBEN SIND ...

Emma

Wie durch ein Wunder ist das Fieber gesunken. Zwei Wochen lang war ich so krank, dass ich dachte, ich würde sterben. Und dann wurde ich eines Morgens ohne Fieber und Schmerzen wach.

Ich glaubte, ich hätte wieder eine Chance.

Bis ich gestern Nachmittag jemanden schreien hörte. Ein Mädchen, glaube ich. Es klang hoch und schrill, als hätte sie schreckliche Schmerzen.

Ich bekam Gänsehaut davon.

Ich bin nicht allein.

Dieser Gedanke drang deutlich und klar in meinen Kopf, ich wusste einfach, dass es stimmte.

Reglos habe ich mich aufs Bett gesetzt. Ob die Schritte jetzt zu mir kommen würden? Würde die Tür aufgehen und alles dann doch noch hier enden?

Wieder ein Schrei, jetzt etwas näher. Und ich hörte auch leises, gedämpftes Weinen. Es war fast unmöglich zu bestimmen, woher das Geräusch kam. Vor mir? Hinter mir? Bewegte es sich, stand es still?

Ich geriet in Panik.

Die Augen fest geschlossen begann ich zu beten. Lieber Gott, wenn es dich gibt, würdest du mir dann bitte noch eine Chance geben? Ich will leben und keine Angst mehr haben. Ich verspreche dir, dass ich es dieses Mal nicht vermassele.

Es wurde still.

Weinend habe ich mich unter den Decken versteckt. Ich wollte nicht daran denken, was wohl mit dem Mädchen passiert ist.

Montag, 8. Juli 2019

Mabel

»Jetzt spinn nicht rum, wir fahren nicht nach Hause, nur weil Lilly mit dem Kopf gegen einen Ast gelaufen ist.« Bo schiebt ihren Frühstücksteller samt halb aufgegessenem Croissant giftig von sich. »Das ist wirklich die allerblödeste Idee, die mir je untergekommen ist. *Hallo*, ich habe ein Jahr für diesen Urlaub gespart!«

»Ich sagte ja nicht, dass wir nach Hause müssen. Ich sagte nur, wir müssen diese Option in Betracht ziehen, nach dem, was gestern Abend geschehen ist«, sagt Anouk leise. Ich sehe die Müdigkeit auf ihrem Gesicht, die dunklen Ringe unter ihren Augen. Es ist, als würde ich mich selbst anschauen. Nur Bo sieht aus, als hätte sie wunderbar geschlafen.

Bo.

Sie hat mich gestern geschlagen wie einen Hund. Die ganze Nacht habe ich deswegen wach gelegen. Es ist vor allem die Veränderung in Bo selbst, die ich einfach nicht vergessen kann. In ihre Augen hatte sich ein dunkler Blick geschlichen, als würde das Licht ausgehen. Als wäre die Bo, die ich kannte, verschwunden. Ich habe heute noch kein Wort zu ihr gesagt, aber offensichtlich merkt sie das gar nicht.

»Ich will diese Option durchaus erwägen. Denk, denk, denk.« Bo tippt sich mit dem Zeigefinger an die Stirn. »Nein, tut mir leid, wir bleiben.« Feixend lehnt sie sich zurück. »Was machen wir heute? Chillen am Pool oder chillen am Pool?«

»Weißt du … Lilly sagte, sie hätte gestern Abend jemanden im Wald gesehen.« Anouk tut so, als hätte sie Bos Antwort nicht gehört. »Findet ihr das nicht merkwürdig?«

»Mann, du kennst Lilly. Die kriegt ja schon Panik, wenn sie ihre Zahnbürste nicht findet«, sagt Bo. »Wahrscheinlich stimmt kein Fitzelchen von der Geschichte. Die stellt sich nur an.«

»Der Stoff ist sehr dünn«, flüstert Anouk und zeigt auf das Zelt.

»Na und?«, sagt Bo laut. »Dann hört Lilly es eben. Sie hat jetzt auch lang genug im Bett gelegen.« Sie starrt Anouk spöttisch an.

Nach wenigen Sekunden schlägt Anouk die Augen nieder. »Ich finde trotzdem, dass wir ernsthaft erwägen sollten, früher nach Hause zu fahren«, sagt sie. »Vielleicht sollten wir darüber abstimmen.«

Im Zittern von Anouks Stimme höre ich einen unausgesprochenen Ärger.

»Du kannst die Dinge echt kompliziert machen, Mensch«, greift Bo sie an. »Hier ist die erste Stimme: Ich bleibe. Ich werde mir meinen Urlaub nicht durch Lillys Gejammer verderben lassen. Und was willst du eigentlich selbst, Anouk?«, schnauzt sie. Es würde mich nicht wundern, wenn sie es absichtlich so unfreundlich klingen lässt.

»Ich weiß es nicht«, sagt Anouk mit einer vor lauter Zweifel ganz kleinlauten Stimme. »Ich versuche zu spüren, was sich am besten anfühlt, aber ich fühle es nicht, kapiert ihr das?«

»Nein«, sagt Bo. »Aber gut, du enthältst dich also. Mabel?« Bo dreht ihren Kopf abrupt zu mir. Das ist das erste Mal, dass wir uns heute anschauen. Ihr Blick ist neutral, als hätte sie mich nie geschlagen.

»Na, was wird's, Mabelchen? Hierbleiben oder nach Hause?«

Nach Hause ... Zu meinen Eltern. Und Sam. Irgendwie ist das ein noch größerer Albtraum als hierzubleiben.

»Ich bin für bleiben«, sage ich im Versuch, locker zu klingen.

»Yes, dann hätten wir es. Zwei zu Null. Wir bleiben. Ich ziehe meinen Bikini an und ...«

»Aber was ist dann mit Lilly?«, unterbricht Anouk sie. »Dieser französische Arzt sagte gestern, sie hätte eine Gehirnerschütterung und müsse langsam machen.«

»Das kann sie hier auch«, sagt Bo. »Können wir jetzt endlich zum Pool?«

»H-hallo.« Lillys Kopf ragt ein Stück aus der Zeltöffnung. Ein großer weißer Mullverband klebt wie eine Fernsehschüssel auf ihrer Stirn. Im Licht des frühen Morgens wirkt er noch heftiger als heute Nacht. Einen Moment bringt er uns alle zum Schweigen.

Ich lächele Lilly zu. Sie scheint froh zu sein über dieses Lächeln, denn ihre Mundwinkel heben sich vorsichtig.

»Wie geht's?«, frage ich noch immer lächelnd, als sähe Lillys Verletzung damit weniger schlimm aus.

Sie zuckt mit den Schultern.

Offenbar fasst Bo das als positive Antwort auf, denn sie sagt: »Schön. Ich hab doch gesagt, dass es schon nicht so schlimm sein wird. Wir gehen zum Pool, kommst du mit?«

Lillys Gesicht verfinstert sich. »Ich ... ich bleibe heute, glaube ich, lieber im Zelt.«

»Dann bleibe ich auch hier!«, ruft Anouk sofort. »Sonst bist du ja ganz allein.«

»Wie ihr wollt«, sagt Bo. »Dann gehe ich eben mit Mabel zum Pool.«

Ich bin zu müde zum Widersprechen. »Okay, ich wollte ein Buch lesen, aber das geht dort ja auch.«

»Na toll«, sagt Bo schnippisch. »Das ist das erste und letzte Mal, dass ich mit euch in Urlaub fahre.«

Bo

Mabel starrt auf das Buch in ihren Händen. Ihre Beine glänzen vom Sonnenöl, und auf ihrer Stirn glitzern Schweißtröpfchen. Hin und wieder bewegt sie die Hand und blättert um.

»Ich gehe schwimmen«, sage ich und stehe von meiner Luftmatratze auf.

»Hm«, brummt sie.

»Kommst du mit?«

»Gleich vielleicht«, murmelt sie.

Ich glaube ihr kein Wort. Mit großen Schritten laufe ich zum Pool und springe kopfüber hinein. Nach Luft schnappend komme ich wieder an die Oberfläche.

»Hallo Bo.« Rik sitzt am Beckenrand und schaut mich lächelnd an. »Ich hatte schon gehofft, dich hier zu finden.«

Mist, der Typ ist wirklich der letzte Mensch auf der Welt, den ich jetzt sehen will.

»Hallo Rik«, seufze ich matt. Es gelingt mir nicht, sein Lächeln zu erwidern, aber ich tue so, als wäre ich dafür zu schüchtern.

»Ich habe viel an dich gedacht«, sagt er.

»Ich auch an dich.« Aber nicht im positiven Sinne.

Rik brummt zufrieden. »Das war was ganz Besonderes am Sonntag.«

»Ja.« Lüg, lüg.

Ich versuche, Mabel zu signalisieren, dass sie mich retten soll, aber sie versteckt sich immer noch hinter ihrem Buch.

»Vielleicht sind wir ein bisschen zu schnell rangegangen.«
Er wirft mir ein entschuldigendes Lächeln zu.

Hilfe, jetzt auf diese Tour? Wie werde ich diesen Typen
bloß los?

»Oh, das habe ich schon wieder vergessen.« Das geht mir
nur schwer von den Lippen, aber Rik nickt, als würde er mich
verstehen.

Mit einer geschmeidigen Bewegung gleitet er ins Wasser.
»Zach hat mir erzählt, was mit deiner Freundin passiert ist.
Heavy shit, mein lieber Mann!«

»W-was?« Ein paar Sekunden lang weiß ich nicht, worüber
er spricht. Er meint doch nicht Emma?

»Lilly hat es ihm am Sonntag im Club Mistral erzählt.« Rik
legt seinen Kopf schief und lächelt mir zu, als könne ich ihm
ruhig auch alles erzählen. »Ihr müsst sehr traurig sein.«

Lilly, du blödes Miststück!, denke ich.

»Ja«, sage ich vorsichtig.

»Erzähl doch mal, was an dem Abend passiert ist.«

Rik, der Katastrophentourist. Das ist noch schlimmer als
Rik, der Schleimer.

»Nein. Erzähl du mir, was ihr heute gemacht habt.«

Zum Glück versteht er den Hinweis und redet nicht weiter
über Emma. »Oh, wir haben nur ein wenig auf dem Campingplatz abgehangen. Gestern auch.« Irgendwas an seinem Ton
sagt mir, dass er lügt.

»Jaja«, sage ich.

Rik macht ein paar Schritte in meine Richtung.

Ich weiche nach hinten aus, bis ich mit dem Rücken am
Poolrand stehe.

»Sollen wir uns heute Abend treffen?«

Ich versuche, nicht zu schreien. »Rik, hör zu, ich finde dich wirklich unglaublich nett. Und am Sonntag war es echt fantastisch.« Oh, wie gern würde ich ihm ins Gesicht sagen, was ich wirklich von ihm halte. »Aber ich komme einfach nicht klar mit meinen Gefühlen. Das geht alles so schnell ... und es ist alles so verwirrend. Ich brauche einfach ein bisschen mehr Raum, verstehst du?«

Er betrachtet mich mit gerunzelten Augenbrauen. »Ich verstehe, was du meinst«, sagt er langsam. »Es ist auch für mich ganz schön krass. Ich hatte schon mal was mit einem Mädchen aus Rotterdam, aber das lief nicht so ganz ... geschmeidig. Was ich für dich empfinde, habe ich wirklich noch nie zuvor erlebt.«

Bevor mir klar ist, was da passiert, hat er mich in eine Art Haltegriff genommen und quetscht seine Zunge in meinen Mund.

»Lass es einfach über dich kommen«, keucht er mir ins Ohr.

Ich spüre seinen Steifen, den er an mich drückt. »Lass mich los«, zische ich und winde mich aus seinen Armen. »Blöder Arsch!«

Keuchend sehen wir uns an. Der Blick in Riks Augen ist plötzlich um einiges weniger freundlich.

»Das kannst du nicht machen«, sagt er kühl.

»Oh, und wie ich das kann.« Blitzschnell ziehe ich mich nach oben auf den Beckenrand. »Und morgen, übermorgen und den Tag danach kann ich mich auch nicht mit dir verabreden.«

Ohne mich noch einmal umzusehen, gehe ich zu Mabel.

»War's schön im Wasser?«, fragt sie, ohne von ihrem Buch aufzusehen.

»Wunderbar, du hast wirklich was verpasst«, erwidere ich sarkastisch.

121

Sie macht sich nicht einmal die Mühe, mir zu antworten. Plötzlich habe ich große Lust, ihr etwas anzutun.

Lilly

Endlich allein. Ich habe Anouk versprechen müssen, nach dem Gang zur Toilette sofort zum Zelt zurückzukommen. Den ganzen Tag schon hängt sie wie ein überbesorgter Babysitter an mir. Ich atme ein paarmal tief ein und werfe einen Blick nach oben. Der Himmel ist blau mit flauschigen weißen Wolkenschlieren. Gestern Abend scheint auf einmal ganz weit weg. Ich bin einfach mit meinem blöden Kopf gegen einen Ast gelaufen, wie Bo sagt. Richtiges Pech. Kann jedem passieren. Aber warum habe ich meine Mutter dann noch nicht angerufen? *Weil du dich nicht traust. Weil du Angst hast, dass sie auch spürt, dass etwas nicht stimmt ...*

Meine Gedanken wandern zum gestrigen Abend zurück. Wieder sehe ich die Gestalt im dichten Regenvorhang. Danach werden meine Erinnerungen verschwommener, als wäre ich mir nicht sicher, ob es wirklich passiert ist oder ob ich es geträumt habe. Mein Name, den ich überall im Wald höre. Das Gefühl, dass jemand hinter mir steht. Und dann dieser schreckliche Schmerz in meinem Kopf. Im nächsten Moment dann Anouk über mir, die mir hochhilft ...

Irgendwas stimmt nicht. Aber jedes Mal, wenn ich das verschwommene Bild in meinem Kopf scharf stellen will, wird es schwarz.

Hör auf, Lilly, du machst dich völlig verrückt – falls du das nicht sowieso schon bist.

Ich betrete das Toilettengebäude. Im Vergleich zur Som-

123

merwärme draußen ist es hier eiskalt, und es stinkt säuerlich nach Urin.

Durch den Mund atmend gehe ich zu den Waschbecken, halte meine Handgelenke unter das kalte Wasser und werfe einen Blick in den Spiegel. Ein fremdes Mädchen starrt mich an, leichenblass, mit glanzlosen, tief liegenden Augen. Ich habe sie schon einmal gesehen, gleich nach Emmas Verschwinden. Ich hasse dieses Mädchen. Sie lässt mich Dinge tun, die ich nicht will. Ich habe Angst vor ihr.

Aus der Tasche meiner Shorts ziehe ich die Schachtel mit den Tabletten – der wahre Grund für meinen Toilettengang, aber das wollte ich Anouk nicht erzählen. Ich schüttele die beiden Blister aus der Schachtel. Insgesamt fünfzehn weiße Pillen. Genug, um wahrscheinlich nie mehr aufzuwachen. Es ist ein idiotischer Gedanke. Ich glaube nicht, dass ich mir etwas antun werde. Aber die Vorstellung, dass es möglich wäre, wenn mir alles echt zu viel wird, ist beruhigend. Es gibt immer einen Ausweg …

Auf meiner Armbanduhr sehe ich, dass es Viertel nach zwei ist. Eigentlich muss ich noch eine Stunde warten, bevor ich die nächste Dosis einnehmen darf. Aber das halte ich nicht aus.

Zittrig drücke ich zwei weiße Tabletten aus einem der Blister. «Du darfst maximal eine Tablette nehmen, wenn du eine Panikattacke bekommst.« Ich habe die Worte meines Hausarztes noch genau im Ohr. Sorry, sage ich zu seiner imaginären Stimme und schlucke die Tabletten ohne Wasser hinunter. Ich spüre, wie sie durch die Speiseröhre nach unten rutschen.

Ich warte. Nach etwa zehn Minuten ist es, als würde ich in ein warmes Bad steigen. Meine Muskeln entspannen sich, und mein Kopf wird leer gespült. Ich fühle mich rosig und zufrieden. Alles wird gut. Da bin ich mir plötzlich ganz sicher. Lächelnd gehe ich ins Freie und setze mich auf eine Bank. Das durch die Bäume gefilterte Sonnenlicht ist schwach und weich, engelsgleich. Alles wird gut.

Auf einmal traue ich mich auch, meine Mutter anzurufen. Sie nimmt das Gespräch sofort entgegen, als hätte sie nur darauf gewartet.

»Liebes!«

»Hallo, Mama.«

Meine Worte klingen, als wären sie ganz dick und schwer und kämen kaum voran. Ich stelle mir vor, wie sie in der Telefonverbindung stecken bleiben und meine Mutter nie erreichen. Ich spreche lauter.

»Hallo, hallo, Mama!«

»Geht es dir gut, Liebes? Du klingst so seltsam.«

»Oh, mir geht's prima.« Das ist mein Ernst, weswegen ich lachen muss. Ein seltsames, wie entferntes Geräusch. »Hör mal, Mama, ich muss dir noch kurz was von gestern Abend erzählen ...«

»Ja?« Ich höre, wie die Unruhe in ihre Stimme schleicht.

»Ist nichts passiert, keine Sorge, ich hatte nur einen kleinen Unfall.«

»Oh?«

Ich drücke mir das Handy fester ans Ohr, als könnte ich ihr damit die Unruhe nehmen. »Es ist ein bisschen blöd, aber ich bin gestern Abend mit dem Kopf gegen einen Ast gedonnert.«

Ich lache noch einmal, um zu betonen, wie witzig das doch ist. Ich bin gegen einen Baum gelaufen, haha, wirklich urkomisch!

Meine Mutter kann nicht darüber lachen. »Was? Einen Ast? Warum rufst du mich jetzt erst an?«

»Ich hatte gestern Abend keinen Empfang.« Eine Notlüge.

»Es wird doch wohl irgendwo auf diesem Campingplatz ein normales Telefon geben, das du hättest benutzen können? Ich finde das wirklich …«

»Der Arzt meinte, es sei nur eine kleine Schramme und dass man später nichts mehr davon sehen wird.« Ich bin mir nicht sicher, ob sie mich hört. »Es ist wirklich kaum der Rede wert.«

»Hm. Musste die Wunde genäht werden?«

Ich überlege, ob ich wieder lügen soll, aber das wäre sehr dumm, denn sobald ich wieder zu Hause bin, kann meine Mutter die Stiche in meiner Stirn mit eigenen Augen sehen.

»Ja«, sage ich leise, damit sie es vielleicht nicht verstehen kann.

Meine Mutter atmet scharf ein. »Wie viele Stiche?«

»Fünf«, flüstere ich.

Es bleibt einen Augenblick still, als würde meine Mutter im Kopf bis fünf zählen.

»Lilly, ich finde fünf Stiche nicht gerade ›kaum der Rede wert‹. Ich hole dich ab. Wenn ich jetzt ins Auto steige, bin ich im Laufe der Nacht da.«

Für einen ganz kurzen Moment bekommt mein Selbstvertrauen einen kleinen Riss. Ich spüre, wie sich mein altes Ich hindurchzwängt. Tränen springen mir in die Augen. Aber noch bevor ich anfange zu weinen, nehmen die Tabletten ihre Arbeit wieder auf, und ich verschwinde.

»He, nein, Mama, das ist absolut überflüssig. Die Wunde schmerzt überhaupt nicht. Und es ist superschön hier. Gestern sind wir am Strand gewesen, und wir haben so gelacht.«

Ich höre, wie meine Mutter ihren Atem ausstößt wie ein Ballon, der Luft lässt. Jetzt muss ich durchhalten.

»Und der Campingplatz ist sehr ordentlich und sauber. Mit großzügigen Stellplätzen und einem sehr schönen Wald. Und wir kochen jeden Abend selbst, mit frischen Zutaten. Vielleicht gehen wir noch in ein Museum oder ...«

»Okay, hör schon auf, ich hab's verstanden.« Sie seufzt. »Also gut. Aber ruf mich sofort an, wenn dein Kopf Probleme macht. Ich habe im Radio gehört, dass eine Hitzewelle auf euch zukommt. So eine Wunde kann sich sehr leicht entzünden.«

»Ja, Mama, ich versteh schon. Hör mal, ich muss jetzt auflegen, wir wollen einkaufen gehen«, lüge ich sie an.

»Oh, äh, natürlich.«

»Ich habe dich lieb, Mama.«

»Ich dich auch, meine kleine liebe Lilienblume. Und du rufst wirklich an, wenn was ist, ja?«

»Versprochen.«

Ich beende das Telefonat und habe das merkwürdige Gefühl, einen sehr großen Fehler zu machen.

Anouk

Ich lege den Kopf in den Nacken und starre zum violettblauen Himmel, der sich an den Rändern gelb färbt. Es wirkt fast, als würden Tag und Nacht ineinanderlaufen. Ein sensibles Kontaktfenster, so nennt meine Mutter die Dämmerung immer. Die Lebenden schlafen noch nicht, und die Toten erwachen langsam. Ein Moment, sich zu treffen. Meine Nackenhaare stellen sich auf, als würde ein Energiefeld entlangstreichen. Ein Schauer überläuft mich.

»Und, macht das Nichtstun Spaß?«, höre ich Bos laute Stimme in meinem Ohr.

»Hä, was?« Ich löse meinen Blick vom Himmel und schaue zu Bo.

»Ob die Aussicht schön ist.« Sie wirft eine weiße Plastiktüte auf den Tisch. »Hier, Futter.«

Fettiger Frittengeruch dampft aus der Tüte.

»Ich musste wirklich ab-so-lut lä-cher-lich lang warten, so nervig.«

Sie plumpst auf einen Stuhl. »Wo sind übrigens Lilly und Mabel?«

»Im Zelt.«

Bo pfeift auf den Fingern, ein lautes, schneidendes Geräusch. »Seid ihr taub? Essen ist da!«

Irgendwas ist mit Bo, sie ist noch schlechter gelaunt als sonst. Seit sie mit Mabel vom Pool zurückkam, ist sie rundheraus unausstehlich.

»Was für ranzige, klebrige Fritten.« Bo füllt vier Teller. »Ich werde mich beschweren.«

»Lass sein«, sage ich und setze mich. »Das ist alles negative Energie.«

»Blablabla.«

Mabel und Lilly setzen sich an den Tisch. Mabels Frisur ist völlig zerstört, und um ihren Mund sind lauter braune Streifen, als hätte sie heimlich Nutella aus dem Glas genascht. Lilly wirkt seltsamerweise am entspanntesten von allen.

»Ist das alles an Mayo, was noch da ist?«, fragt Mabel und hält ein halb volles Glas hoch.

»Scheint mir mehr als genug«, höhnt Bo. »Du platzt ja jetzt schon aus deinem Kleid.«

Mabel wirft ihr einen vernichtenden Blick zu. Ohne ein Wort fängt sie an zu essen.

»Wie nett, dass du uns etwas zu essen geholt hast, Bo«, versuche ich die negative Spirale zu durchbrechen.

»Und dass ich an der Rezeption gratis Klopapierrollen abgeholt habe. Dort musste ich dann nämlich *wieder* warten.« Sie öffnet ungestüm eine Dose Cola light.

»Auch das ist ganz wunderbar, Bo«, sage ich und nicke.

»Hm.« Sie scheint sich ein wenig zu beruhigen.

Schweigend essen wir unsere Fritten.

»Ich habe genug«, sagt Bo wenig später und wischt sich den Mund mit dem Handrücken ab. »Hat jemand Feuer?«

»Ja, hier.« Ich schiebe ihr eine Schachtel Streichhölzer rüber.

»Mal ein bisschen Stimmung zaubern.« Eines nach dem anderen zündet Bo die Teelichter auf dem Tisch an. Die Nacht kommt plötzlich viel näher. Das Licht der Kerzen macht alles andere um uns dunkel. Wieder stellen sich mir die Haare auf, und fröstelnd verschränke ich die Arme.

»Ich habe eine supertolle Idee für heute Abend«, sagt Bo langsam.

»Tut mir leid, aber ich bin ein wenig müde«, sagt Mabel leise. »Ich glaube, ich bleibe heute Abend lieber hier.«

»Na, das ist ja ein Zufall.« Bo sieht uns triumphierend an. »Bei dieser Idee bleiben wir auch am Zelt!«

Mabel stößt einen tiefen Seufzer aus. »Was hast du denn vor?«

»Etwas sehr Schönes, worüber wir schon sehr oft gesprochen, was wir aber noch nie gemacht haben … Etwas, das Anouk uns versprochen hat … Gläserrücken!«

Für ein paar Sekunden weiß ich nicht mehr, wie ich atmen soll. »Gläserrücken?«, frage ich heiser. »Das scheint mir keine so gute Idee.«

»Warum nicht?« Wieder dieser gelangweilte, fast schikanierende Ton in Bos Stimme.

Wir schauen uns an.

Was soll ich sagen? Ja, ich habe es tatsächlich versprochen, aber ich traue mich nicht mehr, weil ich plötzlich überall verrückte Dinge sehe und spüre? Bo würde mich brutal auslachen und sagen: »Du hast doch immer schon merkwürdige Sachen gesehen, oder hast du uns jahrelang angelogen?«

»Es dauert wirklich Stunden, bevor wir Gläserrücken machen können. Wir müssen erst das ganze Alphabet ausschneiden, ein Spielbrett herstellen, die Buchstaben aufkleben und so weiter.«

»Du glaubst doch nicht im Ernst, dass ich Buchstaben ausschneide wie ein Kindergartenkind? Ich bin ja nicht irre.«

Aus ihrer Tasche nimmt Bo einen Stift. Und bevor jemand

protestieren kann, malt sie ein großes schwarzes A auf die weiße Tischplatte.

»Was machst du da?!«, ruft Mabel. »Meine Mutter kriegt einen Herzinfarkt, wenn sie das sieht. Weißt du eigentlich, was der Tisch gekostet hat?«

»Hallo, das ist ein abwischbarer Stift. Ein wenig Wasser und die Buchstaben sind wieder weg.« Bo schiebt die Teller beiseite und schreibt weiter, ein B, C, D und so weiter, bis alle Buchstaben des Alphabets in einem Kreis auf dem Tisch stehen. In die Mitte des Kreises schreibt sie JA und NEIN. Auf die Außenseite des Kreises kommen die Ziffern 1 bis 9.

»Schön oder schön?«, fragt sie dann und grinst.

»Ich hoffe wirklich für dich, dass dieser Stift wieder abgeht«, sagt Mabel angesäuert.

Lilly sagt nichts. Es hat den Anschein, als würde sie das alles nicht interessieren. Sie starrt schon die ganze Zeit mit leerem Blick vor sich hin.

»Bo, bist du sicher, dass wir das …«, versuche ich es noch einmal.

»Jaja«, unterbricht sie mich, stellt ein umgedrehtes Glas auf den Tisch und legt ihren Finger darauf. »Huuhuu, spannend!«, sagt sie mit funkelnden Augen.

»Das ist nun wirklich so ein Blödsinn«, sagt Mabel, legt aber dennoch ihren Finger neben den von Bo.

Lilly folgt schweigend.

Mein Gesicht glüht. Was kann ich mir noch einfallen lassen, um das zu stoppen?

»Wird das heute noch was?« Bo sieht mich böse an.

Mir fällt keine einzige Entschuldigung ein. Widerwillig lege ich meinen Finger neben die von Bo, Lilly und Mabel.

Ich sehe, wie sich das Dunkel um uns vertieft, als würde der letzte Rest Licht schwinden.

»Niemand außer mir darf jetzt noch etwas sagen.« Bo räuspert sich. »Geist, Geist, bist du da?«

Wir schauen alle vier auf den Tisch. Das Licht der Kerzen spiegelt sich im Glas. Aber es passiert nichts.

»Dass du an so was glaubst«, spottet Mabel.

»Pssst«, zischt Bo. »Ihr müsst euch konzentrieren, sonst funktioniert es nicht.« Sie holt tief Luft. »Geist, offenbare dich.«

Ich versuche, meine Aufmerksamkeit auf andere, nutzlose Dinge zu konzentrieren: Zähneputzen, Hausaufgaben, Zimmer aufräumen. Hoffentlich sabotiere ich so den Prozess und …

Ein Zittern unter meinem Finger.

»Oh!«, höre ich Mabels erschrockenen Ausruf.

Nein, denke ich. *Nein, nein, nein.*

Aber das Glas schiebt sich ganz langsam auf JA.

Mein Magen verkrampft sich, und meine Atmung gerät ins Stocken. *Das kann nicht wahr sein.*

»Holy shit«, sagt Bo. »Hat jemand heimlich das Glas bewegt?«

Stille.

Unsere Schatten fallen lang und dunkel über den Tisch und überlappen einander genau in der Mitte, als würden wir verschmelzen.

»Nein, ich habe nicht geschubst«, antwortet Mabel heiser. »Vielleicht musst du noch eine Frage stellen.«

Bitte nicht, denke ich. Vergebens.

»Geist, wie heißt du?«, fragt Bo.

Fast in Zeitlupe schiebt sich das Glas auf das A.

»Ein A?« Bo runzelt die Stirn. »Heißt du Anja? Oder Anna?«

Das Glas geht weiter zum M.

»Amber?«, rät Mabel.

Ruckend zieht das Glas weiter zum E.

»Huch? Ame? Was für ein seltsamer Name?«, sagt Bo.

»Amelia!«, ruft Mabel.

»Haha, wir haben eine Prinzessin zu Besuch, das ist der Brüller«, sagt Bo und stimmt die niederländische Nationalhymne an.

»Unsere Prinzessin heißt Amalia«, seufzt Mabel. »Nicht Amelia.«

»Genial.«

Ich spüre, wie sich die Luft hinter mir bewegt, als würde jemand vorbeigehen.

»Ein bisschen Respekt kann nicht schaden«, sage ich leise.

Bo hört nicht zu. »Geist, heißt du Ame?«

Blitzschnell schießt das Glas zum M zurück. Dort bewegt es sich ein paarmal hin und her, als wollte es uns etwas verdeutlichen.

»Hups, unser Geist hat offensichtlich noch einen Buchstaben vergessen«, sagt Bo und grinst. »Amem, merkwürdiger Name. Kommst du aus der Türkei?«

»Emma«, flüstert Lilly.

»Bitte?«, fragt Bo.

»Emma«, wiederholt Lilly leise. »Wenn man die Buchstaben von Amem in eine andere Reihenfolge bringt, steht da Emma.«

Mit großen Augen starren wir uns an.

»Was für ein Unsinn«, sagt Bo dann mit unnatürlich hoher Stimme. »Das glaubt ihr doch selbst nicht?«

Niemand antwortet.

»Also gut«, sagt Bo. »Ich werde euch beweisen, dass ihr ein Haufen Angsthasen seid.« Sie räuspert sich. »Geist, bist du Emma? Emma Timmers?«

Ich spüre, wie mein Finger auf dem Glas kalt wird, als würde ihm alle Wärme entzogen. Im großen Bogen bewegt sich das Glas auf JA. Dort bleibt es reglos stehen.

Wir haben die Grenze zur anderen Welt überschritten.

Ich höre meinen eigenen schweren Atem. Mabel stöhnt.

»Nein!« Bo lässt das Glas los, als wäre sie von einer Wespe gestochen worden. »Was für ein blödes Spiel. Ich höre auf.« Sie beißt sich auf die Lippe.

»Ich will auch aufhören«, keucht Lilly, als hätte sie gerade einen Sprint hingelegt. Der verschwommene Blick in ihren Augen ist weg.

Unsere Welten sind in Kontakt getreten. Die Tür steht offen.

»Wir können nicht aufhören«, sage ich tonlos.

»W-warum nicht?«, fragt Mabel.

»Weil … weil wir einen Geist in unsere Welt geholt haben. Der muss erst wieder dahin zurück, wo er herkommt. Sonst bleibt er hier hängen.«

Lilly fängt an zu weinen. Dicke Tränen. »Ich habe A-Angst. Ist Emma wirklich h-hier?«

»Das weiß ich nicht«, sage ich leise. »Es kann auch ein anderer Geist sein, der so tut, als wäre er Emma.«

»Was für ein Schwachsinn«, sagt Bo, aber es klingt wenig überzeugend.

»Halt die Klappe«, schnauzt Mabel. »Wegen dir stecken wir in diesem ganzen Schlamassel. Anouk, was sollen wir jetzt machen?«

Ich atme ein paarmal tief ein. »Wir müssen den Kontakt herstellen und alle unsere Finger wieder auf das Glas legen.«

»Das traue ich mich nicht mehr«, sagt Lilly schluchzend.

»Es muss sein«, sage ich und nehme ihre Hand. »Komm, wir machen es gemeinsam.«

Sanft lege ich Lillys zitternde Hand auf das Glas. Bo und Mabel folgen. Unsere Finger berühren sich, warm, wie ein Zeichen von Leben.

Ich räuspere mich. »Geist, wir wollen dir für dieses spirituelle Zusammensein danken. Wir bitten um deine Zustimmung, diese Séance zu beenden.«

Das Glas rückt auf NEIN.

Angst träufelt in meinen Körper. So sollte es eigentlich nicht laufen. Mein Instinkt ruft: Wirf das Glas kaputt! Aber die Stimme meiner Mutter tief in meinem Inneren sagt: Ruhig bleiben, Anouk. Mach diesen Geist nicht wütend.

»Wir bitten nochmals darum, diesen Kontakt zu beenden«, sage ich so tapfer wie möglich. »Und wir wünschen dir eine gute Reise zurück in deine Welt.«

Das Glas fängt an, sich wie wild zu bewegen. Es saust über den Tisch von T zu O, zur Tischmitte und wieder zurück zum T.

»Tot!«, weint Lilly. »Da steht tot!«

Ich will Lilly sagen, sie braucht keine Angst zu haben, aber ich kann es nicht, denn meine eigenen Gedanken stecken auch an einem dunklen, kalten Ort.

Wieder buchstabiert das Glas: T-O-T. Und dann: P-A-S-S A-U-F.

»Wir werden sterben! Tot! TOT!« Lilly dreht jetzt völlig am Rad.

Was jetzt passiert, geht so schnell, dass ich nichts tun kann, um es zu verhindern.

Pfeilschnell schiebt sich das Glas auf JA.

Entgeistert starre ich auf das Wort. *Ja, ihr werdet sterben.*

Auf einmal sehne ich mich so heftig nach meinem alten Leben, dass es fast wehtut. Warum wollte ich jemals paranormal begabt sein? Ich habe mir etwas gewünscht, von dem ich nie realisiert habe, was es wirklich bedeutet.

Plötzlich wird das Glas unter unseren Fingern so warm, als wäre es voll heißem Tee. Der Tisch fängt an zu wackeln.

»He, w-was«, stammelt Mabel.

Mein Hirn trifft blitzschnell eine Entscheidung. »Hände weg!«, schreie ich.

Gerade noch rechtzeitig. Eine Sekunde später zerspringt das Glas in Tausende messerscharfe Splitter.

Ich starre auf den Scherbenhaufen auf dem Tisch. *Die Entität, die unter dem Glas war, ist jetzt nicht mehr dort.* Ich habe das Gefühl, im Dunkel zu versinken. Ich höre Lillys Schluchzen, Bo, die »Fuck!« und »Verdammte Scheiße!« brüllt. Aber es ist alles leise und gedämpft, als lauschte ich an der anderen Seite einer Wand. Und dann höre ich auf einmal noch etwas anderes.

»Anouk!«

Mein Name. So klar und deutlich, als würde es jemand neben mir sagen. Ich drehe mich um.

Emma ...

Sie steht ein paar Meter von mir entfernt, in einem weißen Licht.

Emma, will ich sagen, aber ihr Name geht mir nicht über die Lippen.

Trotzdem scheint sie mich zu verstehen, denn sie lächelt. Im weißen Licht sehe ich, dass Emmas Haut grau ist.

Mein Herzschlag dröhnt mir in den Ohren. Das hier passiert nicht wirklich, denke ich.

Emma kommt auf mich zu, bis wir nur noch einen Schritt voneinander entfernt sind.

Was ist passiert?, frage ich wieder tonlos.

Sie beginnt zu weinen und zeigt auf Lilly.

Plötzlich wird das weiße Licht so grell, dass ich meine Augen zusammenkneifen muss. Als ich sie wieder öffne, ist Emma verschwunden.

Bo

Ich drehe mich noch einmal um. Der Schlafsack hat sich wie eine Zwangsjacke um meine Beine gewickelt. Wütend versuche ich, ihn abzustreifen, aber dadurch zurrt er sich nur noch fester. Mistding.

Neidisch lausche ich den ruhigen Atemzügen von Lilly, Anouk und Mabel. Es ist fast halb drei, und ich habe noch kein Auge zugemacht. Ich wünschte, ich hätte dieses verdammte Gläserrücken nie vorgeschlagen.

Ob es wirklich Emmas Geist war? Nein, natürlich nicht, Bo, rede ich mir zum hundertsten Mal ein. Geister gibt es nicht. Du brauchst keine Angst zu haben, dass jemals jemand dahinterkommt, was du getan hast. Bleibt jedenfalls zu hoffen …

Ich rolle mich auf den Rücken. Meine Blase protestiert. Mist, auch das noch. Ich versuche, den Drang zu ignorieren, aber sie ist zu voll und tut nach ein paar Minuten richtig weh.

Verdammt. Ich winde mich aus dem Schlafsack und schlüpfe in meine Flipflops. Sie sind kalt und feucht an meinen bloßen Füßen. Zitternd öffne ich den Reißverschluss und schließe ihn wieder hinter mir. In der stillen Nacht klingt das sehr laut.

Draußen ist es so dunkel, dass ich von nichts mehr als verschwommene Konturen unterscheiden kann. Mit ausgestreckten Armen, Schritt für Schritt, um Zeltleinen und andere Hindernisse zu meiden, gehe ich zu den Toiletten. Grelle Außenlampen beleuchten das Backsteingebäude. Nachtfalter und andere Insekten prallen gegen die Leuchten. Tock. Tock. Tock. Es klingt unheilvoll.

Hör auf, Bo, schimpfe ich mit mir selbst, jetzt werd mal nicht paranoid.

Ich betrete eine der Toilettenkabinen und ziehe meinen Slip hinunter. Ohne mich auf die Brille zu setzen, lasse ich es einfach laufen. Ich kann den Strahl hören und spüre warme Tröpfchen an den Oberschenkeln. Schließlich ziehe ich meinen Slip wieder hoch.

Und dann höre ich etwas. Ein leises Schlurfen, als würde jemand auf der anderen Seite der Klotür stehen. Ein anderer Camper? Angespannt lausche ich. Es herrscht Totenstille. Habe ich mir das nur eingebildet?

Ja, natürlich, rede ich mir wieder gut zu. Stell dich nicht so an!

Aber es klingt um einiges weniger überzeugt als eben.

Vorsichtig drücke ich die WC-Tür einen Spalt auf. In meinem Kopf spielen sich so allerlei Unheilszenarien ab. Ein Mann mit einem Messer. Ein Vergewaltiger. Ein Psychopath. Würde mich jemand vermissen, wenn ich jetzt ermordet würde? Meine Eltern und meine Schwester jedenfalls nicht. Und Mabel, Anouk und Lilly? Es bleibt beängstigend still in meinem Kopf.

Mein Herz schlägt mir bis zum Hals, als ich über die Schwelle trete. Mein Blick schießt durch den Raum. Die einzige Person, die ich sehe, bin ich selbst im Spiegel. Im grellen Neonlicht wirkt mein Gesicht blass und verängstigt. Trottel, denke ich.

Ohne mir die Hände zu waschen, renne ich raus. Fast könnte man meinen, die Nacht wäre noch dunkler geworden. Ich schaue nach oben. Alle Sterne sind verschwunden.

Komm schon, du bist gleich am Zelt. Was kann schon groß passieren? Nichts. Also los!

Vorsichtig laufe ich in die Dunkelheit. Warum habe ich nicht einfach neben unserem Zelt gepinkelt? Das hätten Lilly, Mabel und Anouk doch nie spitzgekriegt. Aber nein, ich Trottel mache mich ohne Taschenlampe auf …

Ein Seufzer. Als würde jemand hinter mir ausatmen. Stocksteif bleibe ich stehen und schaue in die Richtung, aus der dieser Laut kam. Sehen kann ich nichts, aber irgendwie habe ich das Gefühl, nicht allein zu sein.

Wieder muss ich an das Schlurfen im Toilettengebäude denken. Ich weiß, dass ich mich anstelle. Dass selbst wenn da jemand ist, mir auf einem ausgebuchten Campingplatz keiner was antun kann. Aber das hilft nicht. Alle Ängste, die ich ein halbes Jahr unterdrückt habe, steigen wieder hoch.

Ohne nachzudenken fange ich an zu rennen. Zwischen allen Zelten hindurch, an Stühlen und Tischen vorbei. Mein Mund ist staubtrocken, und meine Atmung pfeift. Aber ich bin fast da. Nur noch …

Ich höre etwas hinter mir! Ich werfe einen Blick zurück … und bleibe mit dem Fuß an etwas hängen.

Mit einem dumpfen Knall schlage ich auf den Boden. Verwirrt und außer Atem bleibe ich liegen.

Ein Schatten löst sich aus dem Dunkel.

»N-nein!«, stammele ich. »Nein!«

Auf allen vieren versuche ich wegzukriechen.

Kalte Finger auf meinem Arm, eine große Hand, die mich festhält. Der Schatten flüstert mir etwas ins Ohr, kaum hörbar. *Es ist zu Ende. Vorbei …*

Wieder sagt der Schatten etwas, jetzt aber deutlicher. «Ça va?»

Schwindelig vor Angst schaue ich über meine Schulter. Ein älterer grauhaariger Mann schaut mich an, seine Hand liegt auf meinem Arm.

»Are you okay?«, fragt er.

Ich will etwas sagen, aber stattdessen fange ich an zu weinen. Große warme Tränen kullern über meine Wangen.

»Ne pleure pas, Mademoiselle.« Seine Augen sehen freundlich aus. »Tout va bien.«

»D-da war jemand im D-Dunkeln«, weine ich. »W-wirklich.«

Er nickt, obwohl ich weiß, dass er mich nicht verstehen kann. »Où est votre tente? Where is your tent?«

»D-dort.« Ich zeige in die Richtung unseres Zelts.

»I'll bring you.«

Ohne ein weiteres Wort nimmt er meine Hand. Ich umklammere seine ganz fest und lasse mich wie ein kleines Kind mitführen. Es fühlt sich sicher an, fast vertraut. Papa, denke ich im Stillen, als würde mein Vater neben mir gehen und nicht dieser fremde Mann. Dieser Gedanke lässt mich noch mehr weinen.

Wir bleiben vor unserem Zelt stehen.

»Here you are.«

»M-merci.« Ich lasse ihn los und schlucke meine Tränen hinunter. Gebückt schlüpfe ich unter der herabhängenden Zeltplane durch.

»Au revoir«, murmele ich mit einem Blick über die Schulter.

Der Mann ist verschwunden, als hätte es ihn nie gegeben.

Ein paar Sekunden lang spähe ich ins Dunkel. Werde ich allmählich verrückt? Wieder bleibt es erschreckend still in meinem Kopf.

Ich gehe weiter ins Zelt hinein. Sie schlafen noch alle. Das beruhigt mich. Wenn Anouk, Lilly und Mabel schlafen können, brauche ich vor nichts Angst zu haben. Oder? Ich schlüpfe aus den Flipflops und taste mich kriechend zu meinem Schlafsack. Der Stoff ist kühl und klamm an meiner Haut. Zitternd schließe ich den Reißverschluss.

Der Reißverschluss!

Ich schnappe nach Luft. Der Reißverschluss vom Zelt war offen, als ich gerade hineinschlüpfte … Dabei bin ich mir sicher, dass ich ihn vorhin zugemacht habe.

Möglicher Zusammenhang in Vermisstenfällen Emma Timmers und Annelies Wilson
Von unserem Korrespondenten

AMSTERDAM – Die Amsterdamer Polizei vermutet einen Zusammenhang zwischen der vermissten 16-jährigen Emma Timmers und der 17-jährigen Annelies Wilson.

Emma Timmers verschwand vor drei Monaten, als sie nach einem Schulfest auf dem Heimweg war. Seither gab es von ihr kein Lebenszeichen. Nur ihr Fahrrad, ihr Handy und ihre blutige Winterjacke wurden gefunden.

Die Sache scheint eine auffällige Ähnlichkeit mit einem Vermisstenfall im Oktober letzten Jahres in Rotterdam aufzuweisen. Damals verschwand Annelies Wilson spurlos – ebenfalls nach einem Schulfest. Auch von Wilson wurden nur ihr Fahrrad, ihr Handy und eine blutige Jacke gefunden. Die Spurensuche hat weiter nichts ergeben.

Laut einer Polizeisprecherin muss noch untersucht werden, inwiefern die beiden Vermisstenfälle tatsächlich zusammenhängen.

SIE HABEN DIE VERBINDUNG HERGESTELLT ...
MUSS ICH MIR SORGEN MACHEN?

Emma

Seit über drei Monaten bin ich jetzt schon hier. Die Schritte und das Geschrei scheinen aus einer anderen Wirklichkeit zu stammen, einem Traum. Erst habe ich Todesängste ausgestanden, sie würden wiederkommen. Jetzt habe ich Angst, dass nie mehr jemand kommt. Ich habe mal gelesen, die schlimmste Folter für einen Menschen sei es, allein weggesperrt zu werden. Jetzt verstehe ich das. Es ist, als würde mich dieses düstere Gefängnis immer mehr abstumpfen.

Die Stille ist das Allerschlimmste. Manchmal flüstere ich im Dunkeln zu mir, nur damit ich eine Stimme höre. Worte ohne Bedeutung. Krächzend und schwach. Ich erkenne mich fast selbst nicht mehr.

Meistens bleibe ich ganze Tage im Bett liegen. Tag oder Nacht, Wachsein oder Schlafen – es gibt kaum noch einen Unterschied. Manchmal schrecke ich auf, und dann habe ich Angst, dass ich schon tot bin und keiner mehr an mich denkt.

Wenn mir der Schmerz zu viel wird, stelle ich mir vor, wie ich mich von meinem Körper löse. Mein Geist schwebt dann irgendwo hin und lässt den Schmerz hinter sich. Das ist ein angenehmes Gefühl.

Ich durchquere Mauern. Ich fliege höher als die Sterne. Ich tue alles, was ich will.

Erst schwebe ich zu meiner Tante. Sie sitzt auf dem Sofa und sieht fern. Ich schaue in ihren Kopf und versuche meinen Namen zu finden. Aber ich komme in ihren Gedanken nicht mehr vor. Danach schwebe ich zu Mabel, Bo, Anouk und Lilly. Es ist Pause, und sie stehen draußen auf dem Schulhof. Sie müssen herzhaft über etwas lachen.

Vielleicht vermisst ihr mich?, denke ich. Aber so sehen sie nicht aus.

Als Letztes schicke ich eine Nachricht an meine Eltern. *Papa, Mama, ich liebe euch. Hört ihr mich? Ich liebe euch so sehr. Jeden Tag noch mehr als am vorigen. Bitte holt mich hier raus.*

Aber ich bekomme nie eine Antwort.

Ich spüre, dass meine Zeit hier fast vorbei ist. Ich halte das hier nicht mehr lange aus.

Dienstag, 9. Juli 2018

Mabel

Man könnte meinen, wir wären auf einer Beerdigung. Mit starren weißen Gesichtern sitzen wir am Frühstückstisch. Niemand sagt mehr als das Allernötigste, wie «Kann ich die Marmelade haben?» oder »Gibt mir mal jemand die Butter?« oder »Haben wir noch Käse?«.

Ich könnte genauso gut mit drei mir völlig Unbekannten im Urlaub sein. Wann haben wir uns verloren?

Wenn ich ganz ehrlich bin, schon vor Jahren. Es schien so schön: fünf Freundinnen von der Grundschule, die zusammen zum Gymnasium wechselten. *Best friends forever.* Aber die ersten Risse in unserer Freundschaft gab es schon nach der Orientierungsstufe. Es war, als würde es immer klarer, welche Unterschiede es zwischen uns gab. Die Gemeinsamkeiten verschwanden allmählich. Der Autounfall von Emmas Eltern hat uns dann so richtig auseinandergetrieben. Wie kann man jemanden trösten, wenn man sich nicht einmal selbst retten kann? Emma fiel immer mehr aus unserer Gruppe heraus, und wir haben nichts getan, um sie festzuhalten. Es fühlt sich furchtbar an, aber jetzt ist es zu spät, es noch zu ändern.

Das Bedauern kommt immer zu spät.

Wir hätten gestern Abend nie Gläserrücken spielen dürfen.

Die Buchstaben und Zahlen stehen immer noch wie graue Schatten auf der Tischplatte. Von wegen »abwaschbarer Stift«.

Seufzend streiche ich eine dicke Butterschicht auf mein Croissant, um es anschließend in einen Berg Schokostreusel zu tunken. Nach wenigen Bissen ist das Croissant verschwunden. Doch das leere, aufgescheuchte Gefühl in meinem Inneren bleibt.

»Heute soll das Wetter wieder wunderbar werden«, sagt Anouk neben mir. »Was machen wir? Hat jemand eine schöne Idee?«

Anouk sieht mich an.

Ich sage nichts und schaue schnell auf meinen Teller, auf dem die Croissantkrümel und die Schokostreusel wie ein Beweis meiner mangelnden Selbstbeherrschung liegen.

»Wir könnten zum Markt nach Saint-Raphaël fahren«, sagt Anouk übertrieben munter, als könnte sie den Urlaub damit noch retten. »Dort verkaufen sie Produkte aus der Umgebung. Der Honig aus dieser Region scheint echt was Besonderes zu sein.«

Bo schnaubt lautstark. »Honig, wie blöd.«

Ich betrachte sie von der Seite. Bos Arme liegen verschränkt auf dem Tisch, ihre Mundwinkel zeigen nach unten. Sie versucht, einen gelangweilten Eindruck zu vermitteln, aber das gelingt ihr nur halb. Ihre Augen wirken hart, wie zwei glänzende schwarze Perlen.

»Hast du denn eine bessere Idee?«, fragt Anouk, immer noch viel zu munter.

Teilnahmslos starrt Bo sie an. Für einen Moment glaube ich, dass sie gleich sagen wird: »Lasst uns nach Hause fahren und diesen Scheißurlaub abbrechen.« Aber das tut sie nicht.

147

Sie sagt: »Ich bin keine Reiseführerin.« Grimmig lehnt sie sich auf die Tischplatte und drückt sich hoch.

»Bo!«, ruft Anouk.

Der Tisch wackelt. In Zeitlupe sehe ich, wie es passiert. Lillys Becher mit Kakao neigt sich wie der Turm von Pisa und fällt dann um. Eine braune Flutwelle ergießt sich über Lillys weißes T-Shirt.

»Oh.« Lilly schaut erschrocken auf den Fleck.

»Sorry«, sagt Bo, aber ihre Körpersprache drückt das Gegenteil von Bedauern aus.

Lillys Unterlippe beginnt zu zittern, und ihre Augen füllen sich mit Tränen. »Ich habe keine sauberen T-Shirts mehr. Das war mein letztes …«

»Stell dich nicht so an, Mensch«, schneidet Bo ihr das Wort ab. »Wegen einem Fleck wirst du doch nicht rumheulen? Sonst nimm dir eben ein frisches aus meiner Tasche.«

»D-darf ich das?« Lilly presst ihre Fingerspitzen in die Augenwinkel und zieht die Nase hoch.

»Das sag ich doch. Nur das violette nicht, das will ich heute Abend selbst anziehe.«

»O-okay, danke.« Lilly steht auf und verschwindet hinter mir im Zelt.

Schweigend starren wir uns an. Anouk beißt sich auf die Lippe, Bo schiebt ihren Teller von links nach rechts über den Tisch, was ein nervig schabendes Geräusch verursacht. Ich schaue auf die Uhr. Man könnte meinen, wir säßen uns schon seit zehn Minuten so gegenüber, doch in Wirklichkeit sind kaum zwei Minuten verstrichen. Als wäre die Zeit absichtlich langsamer vergangen, damit es besonders deutlich wird, dass wir uns nichts mehr zu sagen haben.

Ich höre ein Hüsteln hinter mir und drehe mich um. Lilly

steht in der Zeltöffnung. Ihr Gesicht ist weiß und starr wie eine Maske. Sie trägt noch immer das schmutzige weiße T-Shirt mit dem braunen Fleck. In den Händen hält sie ein fahlgraues Kleidungsstück.

»Was ...«, fängt Bo an. Sie lehnt mit den Ellenbogen auf der Tischplatte.

Ohne ein Wort hebt Lilly die Arme.

Mein Mund wird trocken. »Was hast du da?«

Ganz langsam öffnet Lilly die Hände. Das graue Ding baumelt zwischen ihren Fingern, es ist ein Top mit goldfarbenen Pailletten. Der Stoff weht leicht im Wind, und die Pailletten klirren leise aneinander. Tick-Tack. Tick-Tack.

Ich versuche meine Angst hinunterzuschlucken, aber mein Mund ist so trocken, dass es nicht gelingt.

»D-das ist ...«, stammelt Anouk mit aschfahlem Gesicht. »Das ist das Top von ...«

Emma ... Noch immer sehe ich sie haargenau vor mir am Abend ihres Verschwindens. Sie trug Jeans, Stiefel und ... dieses Oberteil! Nach Emmas Verschwinden hat die Polizei monatelang nach dem Kleidungsstück gesucht. Dass es jetzt hier auftaucht, ist ein regelrechter Albtraum.

»Wie um Himmels willen kommst du da dran, Lilly?« Bo grapscht ihr das Top aus den Händen. »Wenn das ein Scherz sein soll ... Ich kann nicht darüber lachen.«

Lillys Maske zeigt Risse. Ihre Lippe fängt an zu zittern, sie runzelt die Stirn, und unter ihrem Auge fängt ein kleiner Muskel an zu zucken. Und dann zerbricht die Maske. Schluchzend verbirgt Lilly ihr Gesicht in den Händen. »E-es ... ste...«, stößt sie vollkommen hysterisch aus.

Bo packt Lilly an den Handgelenken und schüttelt sie

durch. »Reiß dich zusammen! Du erzählst mir jetzt, wie du an dieses Top kommst!«

Lillys Mund bewegt sich. Es kommen Worte heraus. Ich höre sie, aber ich kapiere sie nicht.

»Es steckte in deiner Tasche«, sagt sie zu Bo. *Deiner Tasche.* Bo lässt sie los und macht einen Schritt rückwärts.

Völlig fassungslos starren wir uns an. Niemand sagt etwas. Niemand rührt sich. Als säßen wir auf einer Wippe, die vollkommen reglos in der Luft hängt – auf beiden Seiten das exakt gleiche Gewicht.

»Bullshit!«

Die Wippe setzt sich in Bewegung. Ich spüre, wie sich das Gleichgewicht verändert. Der Schwerpunkt kippt ganz langsam auf die andere Seite, zu Bo.

»Von wegen Bullshit, Bo.« Anouks Stimme klingt fremd und gepresst. »So leicht kommst du nicht davon. Was macht Emmas Top in deiner Tasche?«

»Komm schon.« Bo fängt lautstark an zu lachen, mit gespielt verärgertem Gesichtsausdruck, als hätten *wir* ein Problem, und nicht sie. Aber diesmal funktioniert der Trick nicht.

»Antworte«, schnauzt Anouk sie an. »Was macht Emmas Top in deiner Tasche?«

Plötzlich stehen Tränen in Bos Augen. »I-ich weiß es nicht!«, stammelt sie. »Wirklich, ich schwöre es. Das glaubst du mir doch, oder?«

Anouk schweigt.

Bo fängt leise an zu schluchzen. Sollte sie Theater spielen, dann ist sie sehr überzeugend, denn ich bin kurz davor, zu ihr zu gehen und ihr über die verkrampften Schultern zu streicheln.

»Ich weiß nicht mehr, was ich glaube«, sagt Anouk leise.

»Aber wenn du nichts von dem Top weißt – wie kommt es dann in deine Tasche?«

Bo zuckt mit den Schultern und weint noch heftiger.

»V-vielleicht hat es jemand in ihre T-tasche gelegt?« Lillys Stimme bebt.

Wir schauen sie alle drei an.

Lilly schlägt erschrocken die Hand vor den Mund, als wären die Worte unfreiwillig hinausgeschlüpft.

»Aber wer denn?«, höre ich mich selbst fragen.

Wir schauen uns gegenseitig an, von einem Gesicht ins andere, als würden wir versuchen, uns neu einzuschätzen.

»Das wüsste ich auch sehr gern«, sagt Anouk tonlos.

Die Wippe geht wieder auf und nieder, immer schneller. Sie ist völlig aus dem Gleichgewicht.

»O mein Gott«, jammert Lilly. »Wir müssen die Polizei einschalten.«

»Nein!«, sagt Bo heftig. Sie beißt sich auf die Lippe. »Ich meine, die französische Polizei kapiert wahrscheinlich eh nicht die Bohne. Wie das? Vor einem halben Jahr ist ein Mädchen in den Niederlanden verschwunden, und jetzt taucht ihr Top in Frankreich wieder auf? Vermutlich glauben sie, wir sind völlig zugekifft und denken uns bloß irgendeine Geschichte aus.«

»Und w-wer weiß, vielleicht sp-sperren sie uns noch in eine französische Zelle!«, sagt Lilly weinend.

»Lilly, ruhig jetzt«, beschwichtigt Anouk. »So schnell geht das hier auch nicht. Aber Bo hat schon recht, es ist tatsächlich schwierig zu erklären, und dann auch noch auf Französisch ...« Sie kneift die Augen zusammen, als könnte sie dadurch schärfer sehen. »Wir können das Top nach Hause mitnehmen und es dort der niederländischen Polizei geben«, sagt sie zögernd. »Was meinst du, Mabel?«

Ich zucke bei der unvermittelten Frage zusammen. Mein erster Impuls ist zu rufen: »Wir müssen augenblicklich zur französischen Polizei! Da stimmt was nicht. Irgendwas läuft hier völlig falsch. Und vielleicht sind wir auch in Gefahr!« Aber irgendwie habe ich Angst, das laut zu sagen, weil es dann vielleicht wahr wird.

Also sage ich gespielt leichthin: »Ja, wir sollten das Top mit nach Hause nehmen, das scheint mir auch das Beste.«

»I-ich will n-nach Hause«, keucht Lilly, als wäre sie außer Atem vom Weinen.

»Ich auch«, sagt Anouk.

»Na jaaaa«, ruft Bo, aber diesmal wirft sie nichts dagegen ein.

Es ist, als wäre der Vorhang gefallen und die Vorstellung abrupt abgebrochen. Hier stehen wir also, auf einem Campingplatz in Südfrankreich, kilometerweit entfernt von zu Hause, das Top unserer vermissten Freundin in den Händen.

»Ich rufe gleich x-travel an und frage, ob wir früher abgeholt werden können«, sage ich leise.

Anouk

Die Sonne steht so hoch am Himmel, dass alle Schatten verschwunden sind. Es hat etwas Unwirkliches, als wären alle Perspektiven aus unserer Welt verschwunden.

Trotz der Sonnenwärme ist mir kalt. Ich betrachte meine Gänsehaut. Tausende kleiner Härchen, die kerzengerade stehen, als spürten sie etwas, das ich nicht sehe.

Ich muss mir große Mühe geben, mich davon zu überzeugen, dass es im Augenblick nichts gibt, wovor ich mich fürchten muss. Dass es helllichter Tag ist und überall Menschen herumlaufen. Aber das Gefühl eines näher kommenden Unheils bleibt.

Im Zelt liegt Emmas Top. Wir haben es in eine Plastiktüte gesteckt und sie anschließend mit Klebeband verschlossen, als könnte es sonst weglaufen. »Beweisstück eins«, scherzte Bo, aber niemandem war nach Lachen zumute.

Dieses Oberteil kreist die ganze Zeit in meinem Unterbewusstsein. *Lilly hat es in Bos Tasche gefunden* ... Bo behauptet, von nichts zu wissen, aber in mir hat sich eine Tür geöffnet, die ich nicht mehr schließen kann. *Was, wenn Bo lügt?*

»Wie spät ist es?«, murmelt Bo vom Boden. Sie liegt auf dem Bauch und glänzt vor lauter Sonnenöl, als wollte sie keine Sekunde der letzten Stunden südfranzösischer Sonne vergeuden.

»Eins«, antworte ich leise.

Mabel ist schon fast anderthalb Stunden weg. Beim Zelt

153

hatte sie schlechten Empfang, weswegen sie von der Rezeption aus anrufen wollte. Aber sie hätte doch längst zurück sein müssen? Vielleicht ist ja doch was passiert. Ich versuche, diesen Gedanken abzustellen, aber er dringt immer wieder in meinen Kopf und sät Unruhe.

»Verdammt, was macht Mabel da bloß? Das dauert echt so lange, ich halte das nicht mehr aus.« Das klingt, als täte sich Bo nur selbst leid.

Gereizt stehe ich auf. Bos Ego ertrage ich momentan wirklich nicht auch noch. »Wer möchte was trinken?«, frage ich.

»Ich, eine Cola light«, sagt Bo. »Mit Trinkhalm.«

Hol sie dir doch selbst, denke ich. Und erzähl dann auch gleich dazu, wie das Top in deine Tasche gekommen ist. Aber ich sage: »Okay. Und was willst du trinken, Lilly?«

»Hä, was?« Lillys Blick ist glasig, als wäre sie der Wirklichkeit wieder entflohen. Sie hat ein Buch vor der Nase, aber in der letzten Stunde hat sie noch keine Seite umgeschlagen.

»Ob du etwas trinken möchtest«, wiederhole ich. »Ich kann Limonade …«

»Ach nee, schau mal, wer da ist!« Bo springt auf. »Endlich!«

Ich drehe mich um. In der Ferne kommt Mabel auf uns zu. Ich fange an zu lächeln, so froh bin ich, sie zu sehen. Während sie näher kommt, sehe ich, dass sie einen kleinen Karton in den Händen hält.

»Tut mir leid, dass es so lange gedauert hat«, sagt Mabel, als sie bei uns ist. »Aber ich hing wirklich tausendmal in der Warteschleife. Was für eine blöde Organisation, diese x-travel.«

Sie ist müde, dass erkenne ich an ihrem blassen Gesicht und den hängenden Schultern.

»Hm«, sagt Bo. »Und was meinten sie?«

»Wir können morgen zurück. Die Umbuchung kostet uns

allerdings fünfzig Euro. Und dieser Bus fährt nicht von unserem Campingplatz ab, sondern von einem Platz in Saint-Raphaël.«

»Und wie sollen wir da hinkommen?«, fragt Bo genervt, als wäre das alles Mabels Schuld.

»Mit einem Taxi?«

»Und das bezahlst du?«, höhnt Bo.

»Wenn ich meine Mutter anrufe, holt sie uns bestimmt mit dem Auto ab«, sagt Lilly mit niedergeschlagenen Augen.

Bo verschränkt die Arme. »Dann bezahle ich lieber das Taxi. Ich fahre ganz sicher nicht mit deiner Mutter zurück. Die Frau macht doch aus allem ein Problem.«

»Bo«, sage ich warnend. »Das ist ein sehr nettes Angebot von Lilly.«

»Wir müssen uns nicht jetzt sofort entscheiden«, sagt Mabel. »Wir sollen x-travel vor fünf Uhr wissen lassen, was wir machen.«

Seufzend stellt sie den Karton auf den Tisch.

»Was ist das?«, fragt Bo.

Mabel schaut auf den Tisch, als würde sie den Karton zum ersten Mal sehen. »Oh, ein Päckchen. Das wurde heute Morgen an der Rezeption für uns abgegeben.« Sie zuckt mit den Schultern. »Vielleicht ist es etwas vom Reisebüro?«

»Oder ein Geschenk?« Bo schnappt sich das Päckchen vom Tisch. »Ich mache es einfach auf.«

Mit den Fingernägeln pult sie den Rand des Paketbands los und zieht es mit einem Ruck ab. Der kleine Karton klappt auf.

Plötzlich spüre ich etwas. Ein sanftes Streicheln hinten an meinem Hals, als wäre etwas Unsichtbares aus dem Karton gekommen, das mich jetzt berührt.

»O mein Gott, da ist wirklich ein Geschenk drin!«, ruft Bo.

Sie nimmt ein rundes Päckchen in der Größe einer Murmel aus dem Karton. Das Einpackpapier ist fröhlich bunt.

»He, und da ist noch was drin.« Ich höre, wie Bos Fingernägel über den Kartonboden kratzen. »Ein Umschlag! Adressiert an uns alle.« Begierig reißt sie den Umschlag auf.

Während ich Bo beobachte, passiert etwas Verrücktes. Es ist, als entstünde ein feiner Nebel. Farben stumpfen ab, das Bild wird verschwommener.

Auf einmal weiß ich, dass dieser Moment mein Leben für immer verändern wird.

»Von wem wird das wohl sein?«, höre ich Bos Stimme durch den Nebel. »Hm, merkwürdiger Text.« Aber sie wirkt noch immer erfreut, wie ein Kind an seinem Geburtstag.

Ich sehe, wie ihre Hände nach dem Geschenk greifen.

»Tu's nicht!«, will ich rufen. Doch der graue Nebel lähmt mich.

Papierfetzen trudeln zu Boden. In Zeitlupe heben sich Bos Arme.

O.

Mein.

Gott.

Bo hält ein dunkelblaues Band in den Händen.

Und an diesem Band baumelt ein Ring.

Ein paar Sekunden lang passiert überhaupt nichts. Wir starren alle auf den Ring. Ein goldfarbener Ring in Rautenform.

Es kann keinen Zweifel geben: Das ist Emmas Ring.

Sie hatte ihn letzten Sommer gekauft. Und sie trug ihn jeden Tag um ihren rechten Zeigefinger.

Es ist, als würde uns jemand Emma in Häppchen zurückgeben. Das wird uns allen vermutlich gerade klar.

Bo schreit und lässt den Ring fallen. Lilly beginnt, am ganzen Körper zu zittern, als hätte sie keine Kontrolle mehr über ihre Muskeln. Und Mabel beugt sich vor und übergibt sich.

In diesem Orkan aus Panik werde ich plötzlich ruhig, als befände ich mich im Auge des Sturms. Ich kann den Ring nicht einfach so in der staubigen Erde liegen lassen, zwischen all den Tannennadeln und Insekten. Das hat etwas Respektloses.

Ich hebe ihn vom Boden auf. In meinen Fingern ist das Metall glatt und zart. Verrückt, aber der Ring fühlt sich fast lebendig an. Während ich das denke, hebt sich eine leichte Brise. Mabel, Bo und Lilly werden durchsichtig, als würden sie vom Wind weggeblasen.

Plötzlich halte ich Emma fest. Ich atme scharf ein, so unerwartet ist ihre Nähe.

Was ist los?, flüstere ich tonlos.

Aber sie ist unerreichbar. Sie schaut mich an, als gäbe es mich gar nicht.

Emma? Ich schicke die Botschaft durch meine Finger an den Ring. *Bitte, rede mit mir.*

Ihre Augen öffnen sich weit, als sähe sie etwas, vor dem sie große Angst hat.

Nur ruhig, Emma. Ich bin es, Anouk. Mit aller Kraft, die ich in mir habe, versuche ich ihr diese Botschaft zu senden.

Vergebens. Die Angst zerfurcht ihr ganzes Gesicht und bricht in einem lautlosen Schrei heraus.

Ich will meine Arme um sie legen, damit sie sich beruhigt, aber sie reißt sich los und flieht. Wie eine Fata Morgana verschwindet sie in der warmen Sommerluft.

Plötzlich ist mir kalt. Das Gefühl des näher kommenden Unheils ist jetzt so stark, dass ich es nicht mehr ignorieren kann.

»Wir müssen die Polizei anrufen«, sage ich heiser. »Sofort.«

Bo

Vor uns stehen zwei Polizisten, die aussehen, als seien sie geradewegs einem französischen Krimi entsprungen, mit ihren blauen Uniformen, den Kappen und grauen Schnurrbärten. Einige Meter hinter den Polizisten steht der Mann, der uns am ersten Tag mit dem Golfmobil zu unserem Stellplatz gebracht hat. Er hält die Arme verschränkt und starrt uns gereizt an.

Ich schaue in eine andere Richtung.

Der rechts stehende Polizist sagt etwas in unverständlichem Französisch.

Anouk nickt eifrig und fragt Mabel: »Von wem hast du dieses Päckchen bekommen?«

»Von dem Mann, der hinter der Rezeption stand, le réceptioniste me l'a donné«, übersetzt sie in fließendes Französisch.

Bin ich der einzige Idiot, der kein Französisch kann?

»Oui.« Der Campingplatzverwalter nickt und rattert noch ein paar Sätze auf Französisch hinterher.

»Le facteur?«, fragt der Polizist.

»Worüber reden sie?«, flüstere ich Mabel zu.

»Ob das Päckchen vom Postboten gebracht wurde«, flüstert sie zurück.

»Non, non.« Der Mann vom Campingplatz schüttelt heftig den Kopf, nein, kein Postbote. Ich schnappe nur »pas d'uniforme« auf und etwas über *allemand* oder *néderlandais*. Huch, verstehe ich das richtig? Sprach der Mann, der das Päckchen brachte, Deutsch oder Niederländisch?

Die Polizisten schreiben in ihrem Notizbuch mit. »D'autres détails?«

Noch mehr unverständliches Französisch, während der Campingverwalter auf seine eigene Hose und sein Hemd zeigt. Meiner Ansicht nach meint er, der Paketzusteller trug ebenfalls diese Kleidung.

»Savez-vous la couleur de la chemise et du pantalon?«

Das kann sogar ich noch verstehen: Die Polizisten wollen die Farbe von Hemd und Hose wissen.

Der Campingmann nickt langsam. »Beige«, sagt er. Und etwas über *cheveux noirs*.

Beige Kleidung? Schwarze Haare?

Es dauert eine Weile, bevor es zu mir durchdringt, aber dann fängt Lilly an zu weinen. Anouk schlägt erschrocken eine Hand vor den Mund.

»Oh nein«, jammert Mabel. »Das ist der Mann, den wir Sonntagabend bei den Müllcontainern gesehen haben!«

Die Polizisten schauen uns erstaunt an. »Was ist los?«, fragen sie auf Französisch.

Anouk atmet tief ein. Mit zitternder Stimme sagt sie: »Nous avons vu cet homme le dimanche.«

Die Polizisten machen ein Gesicht, als hätten sie es kapiert.

In kurzen französischen Sätzen erzählt Anouk die Geschichte. Wo wir dem Mann begegnet sind. Wie er uns angesehen hat. Dass es schien, als wartete er dort auf uns.

»Il es un invité du camping?«, fragt einer der Polizisten den Campingplatzverwalter.

Der schüttelt den Kopf. »He didn't look like a camping guest«, sagt er zu uns.

Die beiden Polizisten besprechen sich in schnellem Französisch. Mir ist schwindelig. In einer fremden Sprache klingt alles viel ernster und bedrohlicher.

»D'accord.« Der linke Polizist nickt und sagt dann in autoritärem Tonfall: »Nous voulons une liste avec tous les invités, noms, âges, dates d'arrivées et de départs.«

Lieber Himmel, sie wollen eine Liste von allen Campinggästen!

Da ist er wieder, der gereizte Blick in den Augen des Verwalters. »Pas de problème«, sagt er scharf, und stiefelt davon.

»Alors, et maintenant le colis.« Die Polizisten gehen zu unserem Tisch, auf dem noch immer der Karton steht.

Ich halte den Atem an und sehe wie versteinert zu.

Einer der Polizisten nimmt Emmas Ring aus dem Karton. Er hält ihn mit einem Taschentuch fest, als wolle er vermeiden, dass er Fingerabdrücke hinterlässt.

»Ist dies der Ring eurer vermissten Freundin?«, fragt er auf Französisch.

Ja, nicken wir wie brave Schulmädchen. Das ist Emmas Ring. Und ja, das wissen wir zu hundert Prozent sicher. Sie trug ihn jeden Tag. Unsere Antworten purzeln durcheinander, als wollten wir alle zeigen, wie gut wir Emma kannten. Ich bin Emmas beste Freundin. Nein, ich! Ich, ich, ich!

Die Polizisten nicken und sagen ein paar Mal »Hm-m.«.

Der Ring verschwindet wieder im Karton, die Klappen werden geschlossen.

Fertig? Leider doch noch eine Frage auf Französisch.

»Was sagt er?«, zische ich.

»Ob uns weitere Dinge aufgefallen sind«, flüstert Anouk.

Es wird still.

»Nein«, will ich sagen. Aber Lilly räuspert sich. In Zeitlupe öffnet sich ihr Mund.

Meine Hände werden klamm. Ich wusste es, ich wusste es, früher oder später würde ich Probleme damit kriegen!

Halt die Klappe, denke ich. HALT DIE KLAPPE!

Aber wir befinden uns auf einer anderen Wellenlänge.

»I found Emma's T-shirt in her bag.« Sie zeigt auf mich, wodurch sie es noch schlimmer macht.

Ich schließe die Augen, als würde das gerade nicht wirklich passieren.

»T-shirt? Je ne comprends pas«, antwortet einer der Polizisten.

Lilly fängt wieder an zu weinen. Sie sieht aus wie eine Achtjährige, die nicht mehr weiß, wie sie nach Hause kommen soll. Ich finde, das ist ihr verdienter Lohn.

Anouk übernimmt. In Stakkatosätzen erklärt sie alles haargenau. Mindestens neunmal fällt mein Name, der von Emma sechsmal. Das sind aber ziemlich viele Wörter, nur um zu erläutern, dass wir Emmas T-Shirt in meiner Tasche gefunden haben!

»Where is this T-shirt?« Es ist der erste englische Satz des Polizisten. So einen idiotischen Akzent habe ich ja noch nie gehört.

»I'll get it for you«, sagt Anouk und verschwindet im Zelt. Ein paar Sekunden später ist sie mit der zugeklebten Plastiktüte zurück.

Es sieht aus, als hätten wir versucht, etwas zu verbergen. Ohne Schere ist die Tüte nicht zu öffnen.

»Why was this T-shirt in your bag?« Die Polizisten schauen mich forschend an.

Hat man erst einmal mit dem Lügen angefangen, wird es immer leichter, damit weiterzumachen. Eigentlich wird es fast unmöglich, es nicht zu tun. *Hast du Emma an der Weihnachts-*

feier rausgehen sehen? Nein, Herr Polizist, ich habe den ganzen Abend nicht mit ihr gesprochen. *Ist an diesem Abend etwas Seltsames vorgefallen?* Nein, es war ein ganz normaler Abend, nichts Besonderes.

Ich atme zweimal ganz tief durch.

»I don't know.«

Hochgezogene Augenbrauen. Stirnrunzeln. Ich lese in ihren Gesichtern, dass sie mir nicht glauben.

»Someone else must have put it in my bag.« Ich zucke mit den Schultern, als wäre mir die Sache gleichgültig.

Ein tiefer Seufzer. Einer der Polizisten schreibt etwas in sein Notizbuch, wahrscheinlich: *Dieses Mädchen lügt, und wir müssen sie im Auge behalten!* Aber vorläufig komme ich noch damit durch.

»Other strange things?«, fragt er und klappt sein Notizbuch zu.

Wir schütteln den Kopf.

»I wanna go home«, sagt Lilly mit belegter Stimme.

Ich auch, denke ich.

»I am sorry, that is not possible«, lautet die Antwort.

»W-why not?«, jammert Lilly.

»You need to stay here for questions«, sagt der Polizist mit dem Notizbuch. »We will also contact our Dutch colleagues.«

Kontakt mit der niederländischen Polizei? Ich beiße mir so fest auf die Lippe, dass ich Blut schmecke.

Mabel

Bizarre schwarze Schatten kriechen über die Zeltplane. Ich sehe Arme wie Tentakel und verunstaltete Köpfe – wie Monster. Aber ich weiß, dass wir es selbst sind im Licht der Taschenlampe. Wenn ich die Lampe ausschalte, sind die Monster weg. Doch wir haben uns gegenseitig versprochen, heute Nacht ein Licht brennen zu lassen.

Ich drehe mich um, damit ich die Schatten nicht mehr sehen kann.

»Wie spät ist es?«, flüstert Anouk neben mir.

Ich schaue auf die Leuchtziffern meiner Uhr. »Fast drei.«

»Ich kann nicht schlafen«, seufzt sie.

»Ich auch nicht.«

»Hört ihr mal auf zu reden, ihr macht mich wach«, sagt Bo, aber daran, wie sie es sagt, kann ich hören, dass sie schon hellwach war.

»Lilly?«, frage ich leise.

Es bleibt einen Moment still, doch dann sagt Lilly leise: »Ich kann auch nicht schlafen. Ich ... ich würde so gerne kurz meine Mutter anrufen.«

Es ist sonnenklar, dass sie geweint hat.

»Morgen«, sagt Bo streng. »Du weißt, was wir vereinbart haben.«

Typisch Bo. *Sie* hat uns versprechen lassen, dass wir niemanden anrufen. Und jetzt heißt es auf einmal, wir alle hätten das so vereinbart. Aber wir waren zu müde, um uns dagegen zu wehren.

»Ich muss die ganze Zeit an den Mann in den beigen Klamotten denken«, sagt Anouk leise. »Kann er wirklich etwas mit Emmas Verschwinden zu tun haben? Irgendwie fühlt es sich nicht gut an, als würde was nicht stimmen.«

Anouks Bemerkung bleibt zwischen uns hängen. Was soll man auch sagen, wenn alles schon tausendmal gesagt wurde und es auf nichts eine Antwort gibt?

Ich drehe mich noch einmal in der warmen sicheren Hülle meines Schlafsacks um.

»H-hört ihr das auch?«, fragt Lilly plötzlich.

»Was?«, fragt Bo.

»Dieses Geräusch draußen. Als würde jemand um unser Zelt sch-schleichen.«

Eine erschrockene Stille tritt ein.

Angespannt horche ich auf die Geräusche außerhalb des Zelts. Der Wind, der die Zweige knacken lässt, ein Hüsteln von jemandem in einem Zelt weiter weg. Alles wirkt normal. Aber je länger ich horche, desto seltsamer werden die Geräusche, als würde die Nacht alles verformen. Plötzlich registriere ich ein leichtes Keuchen – oder bilde ich mir das nur ein?

»Buh!«, brüllt Bo auf einmal so laut, dass es wie eine Bombe einschlägt.

Lilly schreit. Anouk stößt einen unverständlichen Fluch aus.

»Das war nicht witzig, Bo«, sage ich, als die erste Panikwelle verebbt ist.

»Was seid ihr doch für Angsthasen«, sagt Bo und lacht. »Das war bestimmt nur ein Eichhörnchen oder so was. Ihr fürchtet euch doch wohl nicht vor Chip und Chap?«

Niemand reagiert.

Zwischen uns hat sich etwas verändert. Wir können unsere Angst nicht mehr weglachen. Wie eine eiskalte Decke hängt sie über uns. Wir sind wie eingesperrt in diesem muffigen orangefarbenen Zelt. Meine Augen brennen, und ich muss mich total zusammenreißen, damit ich nicht anfange zu weinen.

Der Schlafsack, in dem Lilly liegt, bewegt sich. Wie eine Raupe kriecht sie ein Stück heraus. Ihr Gesicht ist kaum mehr als ein Schatten im schwachen Licht der Taschenlampe.

»Ich traue mich nicht einzuschlafen«, sagt sie. »Ich habe so schreckliche Angst.«

»In wenigen Stunden wird es wieder hell«, beschwichtigt Anouk. »Dann sieht alles anders aus. Glaub mir.«

Ich versuche mir den Morgen vorzustellen, aber der scheint noch so unglaublich weit entfernt.

»Ist noch Wasser in der Flasche?«, fragt Lilly. »Ich habe furchtbaren Durst.«

»Ja, mehr als genug.« Anouk reicht ihr die Wasserflasche. »Weißt du, was ich immer mache, wenn ich Angst habe?« Sie rückt näher und nimmt Lillys Hand.

Lilly schüttelt den Kopf.

»Ich singe mir selbst was vor.«

»W-wirklich?«

»Ja, versuch es mal.«

»Aber ich kann nicht singen«, sagt Lilly kaum hörbar. »K-könntest du mir vielleicht was vorsingen?«

Es bleibt einen Augenblick still.

»Äh ja, natürlich.« Anouk räuspert sich. »Mal nachdenken. Oh ja, *My Immortal* von Evanescence ist sehr schön.«

Leise beginnt sie zu singen:

These wounds won't seem to heal
This pain is just too real
There's just too much that time cannot erase

Anouks Stimme ist hoch und rein. Gänsehaut kriecht mir über die Arme. Ich warte auf eine höhnische Bemerkung von Bo, aber sie kommt nicht.

When you cried, I'd wipe away all of your tears
When you'd scream, I'd fight away all of your fears
And I held your hand through all of these years
But you still have all of me

Wir lauschen alle vollkommen reglos. Auf seltsame Weise geht Trost aus von diesem Lied.

I've tried so hard to tell myself that you're gone
But though you're still with me
I've been alone all along

Anouks Stimme bricht. Schnell wische ich eine Träne weg, die über meine Wange rollt. Ich höre, dass Lilly ebenfalls weint, und sogar Bo zieht verdächtig die Nase hoch.

Es ist lange her, dass wir einander so nah waren.

»Emma fehlt mir so«, sagt Lilly mit gepresster Stimme.

Bo seufzt. »Wir vermissen sie alle.«

Lilly beugt sich vor, und die Schatten auf ihrem Gesicht werden noch dunkler. »Manchmal ... manchmal rede ich mit Emma. In Gedanken. Findet ihr das verrückt?«

»Nein«, sagt Anouk leise. »Was sagst du ihr dann?«

»Dass ... dass es mir leid tut.«

166

Der Satz knirscht in meinem Kopf und schmerzt.

»An dem Abend vom Schulfest ...«, fährt Lilly fort, als wäre ihr alles so nah, dass die Wörter wie von selbst kommen. »Emma stand so ganz allein da. Ich konnte ihrem Gesicht ansehen, wie einsam sie sich fühlte. Und dann ... dann bemerkte sie mich plötzlich. Sie winkte und lächelte mir zu. A-aber ich habe so getan, als würde ich sie nicht sehen, weil ich keine L-Lust hatte, den ganzen Abend mit ihr reden zu müssen, ich m-meine ... Emma kann einen so beanspruchen ... konnte ... Sie ist ... Ich f-finde ...« Lilly verliert sich in ihren eigenen Worten. »Versteht ihr?«

Es wird still. Ich glaube, wir alle verstehen es. Besser sogar, als uns lieb ist. Keine von uns hat an diesem Abend mit Emma gesprochen ... Ich ziehe meine Knie im Schlafsack hoch und habe das Gefühl, dass sich an der Stelle meines Magens ein kalter Stein befindet.

Die Erinnerung überrollt mich mit einer Wucht, dass ich sie nicht zurückhalten kann.

Plötzlich ist es wieder Anfang Dezember, und ich stehe draußen in der Gasse neben unserer Schule. Es schneit, und es ist kalt, aber ich spüre es nicht. Mein Herz klopft, meine Wangen glühen. Ich kann nur an eins denken: Was ich da mache, darf nicht sein, aber es fühlt sich so gut an. Auf einmal höre ich ein leises Geräusch. Die Härchen in meinem Nacken stellen sich auf. Hinter mir steht jemand!

Mit einem Ruck schaue ich über meine Schulter. Emma lehnt an einer kleinen Mauer, als stünde sie schon ewig dort und hätte alles gesehen. An ihrem Blick erkenne ich, dass sie sich erschreckt hat.

Ich hatte so eine Angst, dass sie es nicht für sich behalten würde.

Ich habe ihr den Tod gewünscht.

Drei Wochen später war sie wirklich tot.

»Ich bin sicher, Emma würde dir verzeihen, Lilly«, sagt Anouk heiser.

»Ende gut, alles gut«, murmelt Bo mit merkwürdiger Schärfe in der Stimme. »Könnte glatt die *Oprah Winfrey Show* sein. Hat sonst noch jemand was zu beichten?«

»Bo«, seufzt Anouk, »ich finde es wirklich sehr gut, dass Lilly über ihre Gefühle redet.«

»Na ja, mir reicht's jedenfalls.« Ich spüre, wie die Luftmatratze neben mir wackelt, als Bo sich umdreht.

Ihr Schatten bewegt sich mit über die Zeltplane. Die Monster sind wieder da. Das Gefühl der Verbundenheit ist verschwunden.

»I-ich trau mich nicht zu schlafen«, sagt Lilly wieder.

»Wir könnten abwechselnd wach bleiben und ein wenig aufpassen?«, schlägt Anouk vor. »Ich übernehme gern die erste Wache. Dann wecke ich dich in einer Stunde, okay?«

»O-okay.« Lilly kriecht in ihren Schlafsack zurück. »Sch-schlaf gut.«

»Du auch«, sagt Anouk.

»Nacht«, brummt Bo.

»Gute Nacht.« Ich kneife die Augen fest zusammen, aber ich bin ganz sicher, dass ich nicht einschlafen werde.

Polizei gräbt im Zusammenhang mit Vermisstenfall bei Kanaaldijk West
Von unserem Korrespondenten

AMSTERDAM – Im Zusammenhang mit dem Verschwinden von Emma Timmers (16) Ende letzten Jahres hat die Polizei am Freitag im Polder am Kanaaldijk West gegraben. Bei Einbruch der Dämmerung wurden die Grabungen unterbrochen.

Ein Spaziergänger hatte am Donnerstag an der Grabungsstelle Emmas goldfarbenes Bettelarmband gefunden. Kanaaldijk West liegt zwischen dem Diemerbos und Muiden.

Die Suche nach der Schülerin blieb bislang ergebnislos. Emma Timmers wird mittlerweile seit fast fünf Monaten vermisst. Anfang des Jahres wurden ihr Fahrrad und ihr Handy im angrenzenden Diemerbos gefunden.

Am 20. Dezember 2018 verließ Timmers allein ein Schulfest. Seitdem hat man nichts mehr von ihr gehört.

Die Polizei will nicht bestätigen, ob auch nach Spuren der siebzehnjährigen Annelies Wilson gesucht wird. Sie verschwand vor sieben Monaten unter ähnlichen Umständen in Rotterdam.

DAS ARMBAND! WAS FÜR EIN UNVERZEHHLICHER FEHLER ...
SIE KOMMEN SO NAH. ZU NAH. ES IST ZEIT FÜR DEN NÄCHS-
TEN SCHRITT.

Emma

Alles ist so dunkel, so kalt, so schwer.

Erinnerungen fallen aus mir heraus wie lose Seiten aus einem Fotoalbum.

Wer ich war, ist nicht mehr wichtig.

Irgendwo in der Ferne sehe ich meine Mutter. »Du bist fast da!«, ruft sie.

Träume ich?

Alles scheint jetzt möglich.

Ich schließe die Augen und lasse Emma Timmers los.

Mittwoch, 10. Juli 2019

Anouk

Das Morgenlicht hat die Schatten der Nacht verjagt. Kinder rennen lachend herum, Camper mit Baguettes schlendern vorbei, der Himmel ist wolkenlos blau – es verspricht wieder ein wunderbarer Sommertag zu werden. *Nichts, vor dem man Angst haben müsste*, scheinen alle Zeichen zu sagen.

Trotzdem habe ich noch nie eine solche Angst empfunden.

Der Himmel ist *zu* strahlend. Die Kinder sind *zu* fröhlich. Das Sonnenlicht ist *zu* hell.

»Tee?« Mabel sieht mich fragend an. Eine normale Frage aus der normalen Welt.

Ich seufze. »Gern.«

»Ich nehme auch welchen«, sagt Bo und schiebt Mabel ihren Becher hin.

Mabel schenkt uns beiden ein. »Und du, Lilly?«

»Hä, w-was?« Sie schaut erschrocken auf.

»Willst du eine Tasse Tee?«, fragt Mabel.

»Oh, äh, nein, danke dir.« Sie starrt wieder auf ihre Hände.

Mabel sieht sie forschend an. »Geht's denn?«

»Ja, klar.« Am Zittern ihrer Stimme kann ich hören, dass sie lügt.

Wir haben heute Nacht alle kaum geschlafen. Aber Lilly hat es besonders hart getroffen. Sie erinnert mich an ein kleines

Ruderboot auf einem Ozean, das sich nicht mehr lange auf den Wellen halten kann. Sie steht kurz vor dem Versinken.

Schweigend trinken wir unseren Tee.

»Ich werde echt verrückt, wenn wir hier den ganzen Tag rumhocken müssen«, sagt Bo plötzlich. »Lasst uns bitte irgendwas unternehmen.«

»Aber ... aber die Polizei sagte doch, wir müssen hierbleiben«, antwortet Lilly völlig panisch.

»Nein, die Polizei sagte, wir dürften nicht nach Hause fahren, das ist etwas ganz anderes.« Bo steht auf. »Ich gehe zum Pool. Wer kommt mit?«

»Bitte, bleib hier!«, ruft Lilly.

Bo stemmt die Arme in die Hüften. »Nenn mir *einen* guten Grund.«

»Vielleicht passiert ja was Schlimmes mit dir.« Lilly schaut Bo flehend an.

»Tagsüber? Während hier dreihundert Leute rumlaufen? Davon gehe ich mal nicht aus.« Bo schließt die Augen, als könne sie Lilly nicht länger ansehen. »Ich entscheide selbst, was geht und was nicht, und ich werde noch irre von deinem panischen Gejammer!«

»Sei doch nicht immer so unfreundlich«, schnauzt Mabel.

»Misch dich nicht ständig ein!« Bos Hand schießt in einer geballten Faust nach oben – sie will Mabel schlagen! Aber im letzten Moment beherrscht sie sich. »Fette Snobtusse«, zischt sie.

»Leute, jetzt ist aber gut!«, rufe ich.

»Und du solltest auch lernen, deine Klappe zu halten!« Bos Gesicht ist hasserfüllt. »Blöde Psychotante.«

Eine halbe Ewigkeit starren wir einander an.

Ich beiße mir auf die Lippe, damit ich nicht anfange zu

weinen. Wir werden irre. Es ist, als würde uns eine unsichtbare Kraft immer weiter auseinanderziehen. Und ich kann nichts dagegen tun.

Ein Handy klingelt. Mabel nimmt mit zitternden Fingern ihr iPhone vom Tisch. Vielleicht täusche ich mich, täusche mich sogar stark, aber sie guckt irgendwie … ängstlich? «E-es ist eine französische Nummer», sagt sie mit rauer Stimme.

»Dann geh ran!«, schnauzt Bo.

Mabel nickt, ein wenig verstört, und hebt das Gerät ans Ohr. »Bonjour.«

Ein paar Sekunden geschieht nichts. Mabel lauscht der Stimme am anderen Ende der Leitung.

»Oui,« antwortet sie. »Je comprends.«

Wieder eine Stille, in der sie lauscht. Ich sehe, wie ihre Augen groß werden. Und feucht.

»Oui?«, sagt sie schließlich. Und: »Oui. Non. D'accord.«

Worum geht es da?

»*Journal?*« Mabels Körperhaltung strahlt Entsetzen aus: offener Mund, weit aufgesperrte Augen, geballte Fäuste.

Mit leichenblassem Gesicht hört sie weiter zu. Nach einer Weile murmelt sie heiser. »Merci. Au revoir.«

Mabel atmet ein paarmal tief ein, als würde sie versuchen, ihre Ruhe wiederzugewinnen. »Das war die französische Polizei«, sagt sie dann leise.

»Ja, danke, das haben wir auch kapiert«, sagt Bo. »Aber was haben sie gesagt?«

»Dass … dass …« Sie beißt sich auf die Lippe. »Dass wir nach Hause dürfen.«

Es wird still. Totenstill.

Als würden wir alle gleichzeitig den Atem anhalten.

»Ihrer Ansicht nach hat sich jemand einen dummen Scherz

mit uns erlaubt«, fährt Mabel mit niedergeschlagenen Augen fort. »Die Polizei sagt, der Ring sei vor ein paar Monaten in allen niederländischen Zeitungen abgebildet gewesen. Jeder kann ihn für vierundzwanzig Euro bei Zara kaufen.«

Es wird wieder still.

»Und ... was ist mit dem Top?«, fragt Lilly schließlich. »Jemand muss es ausgezogen haben. Vielleicht hat diese Person Emma ja ...«

Sie beendet ihren Satz nicht. Aber wir wissen alle, was sie meint. *Ermordet.*

»Es waren weder Blutspuren noch andere Spuren von einem Kampf auf dem Top. Und es schien kaum getragen. Wahrscheinlich hat es jemand bei Mango neu gekauft ...« Mabel zuckt ratlos mit den Schultern. »Ich weiß es auch nicht. Die Polizei hat jedenfalls nichts dagegen, dass wir nach Hause fahren. Den Ring und das Oberteil werden sie der niederländischen Polizei zur weiteren Untersuchung schicken, aber sie gehen nicht davon aus, dass dabei viel rauskommt.«

Da stimmt was nicht. Dieser Gedanke ist so stark, dass er mir Kopfschmerzen verursacht. Etwas stimmt einfach nicht.

»Schön, dann wäre das auch wieder geklärt«, sagt Bo. »Ich packe meine Tasche.«

175

Bo

Im Zelt ist es warm und dämmrig. Ich bin so froh, dass ich mal einen Moment allein bin. Meine Hände zittern, und mein Herz wummert wie besessen. Gott sei Dank ist alles glimpflich ausgegangen. Nie gedacht, dass ich mal so froh wäre, nach Hause zu fahren.

Lilly ruft jetzt ihre Mutter an und fragt, ob sie uns abholt. Diesmal habe ich nicht widersprochen. Alles ist besser als hierbleiben. Dann stecke ich mir aber Stöpsel in die Ohren, damit ich mir das Genöle nicht anhören muss.

Ich sammle meine Klamotten ein und stopfe sie in die Tasche. Mein rotes Kleid, Jeansshorts, T-Shirts ... und dann habe ich plötzlich die rosa Cap mit meinem Namen in der Hand. Es ist, als träfe mich ein Schlag ins Gesicht.

Wie naiv, zu glauben, das könnte ein schöner Urlaub werden ...

Ich hasse diesen Urlaub. Hasse mich selbst.

Aus meinem Kulturbeutel nehme ich eine Schere und schneide die Cap mitten durch. Ich hacke noch ein paar Löcher hinein und zerreiße den Stoff. Rosa Stofffetzen fallen auf meinen Schlafsack. Ich zerschneide sie weiter und weiter in Stückchen, bis die Cap bis zur Unkenntlichkeit beschädigt ist.

Zehn Jahre Freundschaft sind schnell kaputt. Es bedeutet nichts.

Lilly

Ich schrecke aus dem Schlaf hoch. Es ist dunkel, es muss mitten in der Nacht sein. Mein Kopf hämmert, und mein Mund ist so trocken, als hätte ich Sand gegessen. Ich lausche, aber ich höre nur meine eigene Atmung und die von Mabel, Anouk und Bo. Ich halte den Atem an. Mein Herzschlag klingt unnatürlich laut in meinen Ohren. Am Rand meines Bewusstseins hallt ein Name immer und immer wieder nach und will eingelassen werden.

Emma.

Nein!

Ich stecke mir die Finger in die Ohren und kneife die Augen fest zusammen. Bitte lass mich wieder einschlafen. Bitte! Nicht denken ist besser als denken. Schlafen ist besser als wach liegen.

Emma. Emma. Emma.

Panik kriecht von meinen Zehen empor. Was soll ich machen? Tief durch die Nase einatmen, ruhig durch den Mund ausatmen. Verzweifelt versuche ich es. *Eins, zwei, drei, vier Eckstein ...*

Emma. Emmaaaa. EMMA! *Alles muss versteckt sein. Fünf, sechs, sieben ... acht, neun, zehn ... ich komme ...*

Hör auf, hör auf, hör auf!

Emma ist tot!

Ich ziehe mir den Schlafsack über den Kopf und presse mein Gesicht fest ins weiche Kissen, an meine dicken brennenden Augen. Ich zerfalle und weiß nicht mehr, wie ich mich retten soll. Oh, helft mir, helft mir bitte. Helft mir!

Niemand antwortet.

Ich habe Mama heute Mittag gleich nach dem Gespräch mit der Polizei angerufen. Noch mehr Panik, auch von Mama. *Ich komme. Sofort. Im Auto. Zu dir. Warum hast du mich nicht früher angerufen? Mein lieber Schatz.*

Ich stelle mir vor, wie sie im Auto sitzt. Jede Sekunde ist sie wieder ein paar Meter näher bei mir. Wie ging das Schlaflied noch, das sie früher immer für mich gesungen hat?

Der Mond scheint in der dunklen Nacht
Doch schau, da kommt die Sonne schon,
die immer für dich lacht …

Sie meinte, nach der Nacht kommt immer ein neuer Tag, und alles wird wieder gut. Aber zum ersten Mal in meinem Leben wünschte ich, es käme kein neuer Tag mehr.

Vor dem Schlafengehen habe ich drei Tabletten genommen. Zwei mehr als erlaubt. Aber es fühlt sich an, als hätte ich nichts eingenommen. Erst in drei Stunden darf ich die nächste Dosis nehmen.

So lange halte ich das nicht aus.

Stell dich nicht so an, das kannst du sehr wohl!

Du kannst es! Du kannst es! Du kannst es!

Ich kann es nicht. Sorry.

Ich knipse die Taschenlampe an und schirme das Licht mit der Hand ab, damit ich niemanden wecke. Unter meiner Luftmatratze ziehe ich die Pillenschachtel hervor. Die Blister glänzen silbrig im Licht. Einer ist schon leer. Habe ich wirklich so viele Tabletten geschluckt?

Egal.

Nicht egal! Morgen, wenn Mama da ist, hörst du damit auf.

Ich drücke fünf Tabletten aus dem letzten Blister. Eine fünffache Dosis. Ich möchte so gern nichts mehr fühlen. Keine Angst, keine Panik, keine Scham, keine Schuld. Ich stecke die Tabletten in den Mund, nehme einen großen Schluck Wasser aus unserer Flasche und spüle sie in einem Rutsch mit dem Wasser runter. Danach knipse ich die Taschenlampe aus.

Ich lege mich auf den Rücken und warte, bis sich die Dinge in meinem Kopf verändern. Meine Luftmatratze schaukelt unter mir, als würde ich auf dem Meer dümpeln. Sanft lasse ich mich fortgleiten. Nur noch einen Augenblick, dann habe ich endlich Ruhe.

Ein übles, unbeständiges Gefühl entsteht in meinem Magen, fast wie seekrank. Ich schließe die Augen und versuche, es zu ignorieren. Die Wellen unter mir werden höher, meine Luftmatratze schlingert hin und her. Das elende Gefühl presst sich vom Magen in die Speiseröhre. Krampfhaft schlucke ich die Galle hinten im Mund runter und setze mich auf.

Wie kann es hier plötzlich so warm geworden sein? Mein T-Shirt klebt an meinem nassen Rücken, und ich spüre Schweißtropfen auf der Stirn. Schwindelig stützte ich meinen Kopf auf die Knie. Werde ich krank? Der scheußliche Geschmack von Galle steigt wieder auf. Schnell trinke ich einige große Schlucke Wasser aus der Flasche. Es hilft kaum.

»Es tut mir leid«, sagt jemand. Wer? Wer sagt das?

Ich spähe ins Dunkel, aber da ist keiner. *Natürlich nicht.*

Die Wirklichkeit entgleitet mir. Irgendwo in der Ferne höre ich mich stöhnen, ein abscheulicher Laut. Mir wird noch wärmer, eine seltsame Hitze, als würde kochendes Wasser durch

179

meine Adern fließen. Ich kann kaum noch atmen. Panisch sauge ich kleine Luftströme ein.

Ich muss raus! Frische Luft! Jetzt!

Ich kämpfe mich aus dem Schlafsack. Schrecklicher Schmerz in meinem Kopf. Luft ohne Sauerstoff. Muss raus! Muss. Auf nackten Füßen taumele ich aus dem Zelt.

Anouk

Wo bin ich? Das ist mein erster Gedanke, als ich die Augen aufschlage. Es ist warm und drückend, und alles um mich ist dämmrig orange. Erst nach ein paar Sekunden wird mir klar, dass ich in unserem Zelt liege und es wahrscheinlich noch sehr früh ist. Irgendwas hat mich geweckt, aber was?

Ich setze mich im Schlafsack auf. Es ist, als hätte die Welt außerhalb unseres Zelts aufgehört zu existieren. Selbst die Vögel sind still. Doch dann höre ich etwas. Ganz leise, aber es gibt keinen Zweifel: knackende Ästchen, Geraschel.

Wer oder was läuft da draußen um unser Zelt? In dem Moment, in dem ich es denke, wird eine schwarze Silhouette auf der Zeltplane sichtbar. Ein Schatten im Morgenlicht. Eine Gestalt ohne Gesicht. Wie erstarrt schaue ich zu, wie der Schemen ein paar Schritte macht und dann stehen bleibt, die Beine ein wenig gespreizt, abwartend.

Ist das ein anderer Campinggast? Aber warum bleibt er dann ausgerechnet vor unserem Zelt stehen? Der Schatten kommt näher. Plötzlich kann ich fast fühlen, wie dünn die Zeltplane ist und wie wenig Schutz sie uns bietet. Reglos starre ich auf den Schatten. Ich stelle mir vor, dass ich durch den Stoff schauen kann. Eine endlose Sekunde sind wir in unserem unsichtbaren Blick gefangen.

Dann bewegt sich der Schemen und entfernt sich von der Plane. Nach ein paar Sekunden ist auch das Geräusch der knackenden Äste nicht mehr zu hören. Es ist, als hätte ich etwas gesehen, was es nie wirklich gegeben hat.

Fröstelnd ziehe ich meinen Schlafsack hoch. Soll ich Mabel, Bo und Lilly wecken und ihnen von diesem seltsamen Schatten erzählen? Oder mache ich mich nur gerade selbst verrückt?

Dann sehe ich etwas aus den Augenwinkeln. Etwas, das nicht stimmt, wie bei den Bildern mit den zehn Unterschieden. Man weiß, dass Dinge fehlen, hat aber noch nicht heraus, welche.

Und plötzlich sehe ich es.

Die Schlafsäcke von Lilly und Bo sind leer! Wie zwei leere Hülsen liegen sie neben mir.

Eine scheußliche, kalte Angst beschleicht mich. Ich spüre sie so stark, als würde sie meinen ganzen Körper in Besitz nehmen: Meine Arme, Hände, Fingerspitzen, alles wird kalt und gefühllos. Dieses Gefühl hatte ich schon einmal: an dem Abend, als Emma verschwand.

Hör auf, Anouk. Sie sind bestimmt zur Toilette oder so was. Nichts, worüber man sich Sorgen machen müsste.

Auf der Suche nach einem Beweis für diese Theorie tasten meine Hände ihre Schlafsäcke ab. Doch der Stoff ist klamm und kalt, als hätte nie jemand darin geschlafen.

Das ist nicht gut, flüstert eine Stimme in meinem Unterbewusstsein.

Ich beuge mich vor und rüttele an Mabels Arm.

»Mabel«, sage ich mit rauer Stimme. »Aufwachen!«

Ihre Augenlider zittern, aber sonst zeigt sie keine Reaktion.

»Mabel! Bo und Lilly sind weg!«

»Hä, was?«, murmelt sie. Glasig schaut sie mich an, mit einem Blick voller unfertiger Träume.

»Lilly und Bo sind verschwunden.«

»W-wie meinst du das?«

»Sie … sie sind einfach nicht mehr da.«

Mabel setzt sich abrupt auf. Ich sehe, wie ihr Blick über die leeren Schlafsäcke irrt. »W-wo sind sie?«, stammelt sie.

Ich schüttele den Kopf, eine Bewegung, die mir Schwindel und Übelkeit verursacht.

Wir schauen uns an. Es ist, als würde die Zeit stehen bleiben und dann anfangen, rückwärts zu ticken.

Bo.

Lilly.

Emma.

Sie sind alle weg.

»Wir müssen sie suchen gehen«, sage ich leise. Keine Wahrheit kann so schlimm sein wie die Angst in meinem Kopf.

»J-ja.« Mabels Augen werden feucht. »Bestimmt gibt es eine logische Erklärung, o-oder?«

»Natürlich«, sage ich unsicher. »Mach dir mal keine Sorgen. Wahrscheinlich konnten sie nicht schlafen und machen einen kleinen Spaziergang.«

»Ja, so etwas wird es sein.« Ich höre ihrer Stimme an, dass auch sie nicht glaubt, was sie da sagt – wahrscheinlich, um mir einen Gefallen zu tun.

Ich winde meine Beine aus dem Schlafsack und greife nach meinen Flipflops. »Wir drehen eine Runde über den Campingplatz, okay?«

Mabel nickt und kriecht ebenfalls aus ihrem Schlafsack.

Wir schlüpfen aus dem Zelt. Tau glitzert auf dem Gras. Neben unserem Zelt sehe ich überall Fußabdrücke im nassen Gras, kreuz und quer durcheinander, als hätten dort viele Leute gestanden. Mein Herz schlägt mir bis zum Hals, als ich dorthin gehe.

»W-was machst du?«, fragt Mabel.

»Psst.« Ich lege einen Zeigefinger an meine Lippen.

Ich folge den Fußspuren um unser Zelt und bin so konzentriert, dass ich den Schatten erst sehe, als er hinter unserem Zelt hervorspringt.

Ich stoße einen Schrei aus, der auch Mabel zum Schreien bringt.

»Geht's noch?!« Bos Stimme dringt an mein Ohr. »Seid ihr verrückt geworden?«

»W-was machst du hier?«, stammle ich erschrocken.

Bo sieht mich mit einem seltsamen, unergründlichen Blick an. Nach ein paar Sekunden sagt sie jedoch leichthin: »Oh, ich musste pinkeln. Vielleicht sollte ich lieber fragen, was ihr hier macht?«

»I-ihr wart verschwunden«, sagt Mabel.

Bo lacht nur. »Na, hier bin ich ja wieder. Das nächste Mal hinterlasse ich einen Zettel, wenn ich pinkeln gehe!«

»Aber wo … wo ist dann Lilly?«, fragt Mabel.

Eine Stille tritt ein. Eine, die alles sagt.

»Keine Ahnung«, sagt Bo dann achselzuckend und macht Anstalten, ins Zelt zu schlüpfen.

Mir verschlägt es die Sprache. »Hörst du überhaupt zu? Lilly ist weg. *Weg!*«

»Ja, hallo, ich bin ja nicht taub.« Sie verschränkt die Arme. »Sie wird schon wieder auftauchen.«

»Das hoffe ich auch.«

Hinter mir höre ich Mabel leise schluchzen. »I-ich mache m-mir solche Sorgen.«

Ich drehe mich um und nehme ihre Hand. »Wir werden sie suchen. Alle zusammen.«

Lilly

Vor mir stehen jede Menge Leute. Sie tauchen aus dem Nebel in meinem Kopf auf. Erst schemenhaft und verschwommen, aber schon bald haarscharf und lebensecht. Ich sehe Menschen, die seit Jahren tot sind, wie meinen Opa und das Nachbarsmädchen, das vor Jahren an Leukämie starb. Aber ich sehe auch Menschen, die noch quicklebendig sind: Leute aus der Schule, meine Mutter, Nachbarn, mein Hockeyteam und merkwürdigerweise auch Tom, Rik und Zach – als stünden alle Menschen, die ich je im Leben kennengelernt habe, hier vor mir.

Irgendwo weiß ich, dass sie nicht echt sind. Aber trotzdem lächele ich sie an.

Sie erwidern mein Lächeln. Manche nicken mir sogar ermutigend zu. Ein seltsames, beklemmendes Gefühl steigt in mir auf: Das hier wirkt fast wie ein Abschiedsempfang.

»Lilly!«, höre ich.

Eine Stimme, die ich kenne, aber dachte, sie nie wieder zu hören.

Das bildest du dir ein, Lilly. Nichts ist echt. Aber warum zitterst du dann so auf deinen Beinen?

Die Menschenmauer öffnet sich.

Ich will mich umdrehen und wegrennen, doch meine Muskeln sind so schwer und müde. Wie gelähmt schaue ich zu.

Erst sehe ich das Licht, weiß und scharf, greller als die Sonne. Ich schirme meine Augen mit den Händen ab. Durch meine Finger hindurch sehe ich eine Gestalt im Licht. Eine Silhouette, die mir so gut bekannt ist, dass ich manchmal denke, ich kenne sie besser als mich selbst.

»Wir müssen reden«, sagt die Gestalt.

Ich weigere mich zu glauben, dass dies wirklich passiert.

Das Licht erlischt. Die Nacht wird dunkel und kalt.

»Keine Angst, Lilly.«

Aber die habe ich.

Ich lasse meine Hände sinken.

Emma.

Sie steht vor mir wie ein Geist. Ihre blonden Haare fächern sich in der schwarzen Nacht auf. Reglos sieht sie mich an. In ihrem Blick liegt etwas Trauriges. Ich habe das Gefühl, dass sie in mich hineinstarrt und alles sieht, was ich schon so lange versuche zu verbergen.

Eine fürchterliche Welle der Übelkeit führt dazu, dass sich mein Magen verkrampft.

»Es tut mir leid«, will ich sagen, doch die Worte bleiben mir im Hals stecken. Ich möchte so gern, dass sie mir vergibt.

»Kommst du mit?«, fragt Emma mit einer so freundlichen und sanften Stimme, dass ich mich noch schuldiger fühle.

Sie streckt die Hand aus. Was kann ich anderes tun, als zu gehorchen?

Bo

Das hier passiert jetzt nicht wirklich. Wir laufen nicht um halb sechs morgens durch den Wald, und wir suchen nicht nach Lilly. Bitte, lass das nicht wahr sein.

»Lilly«, schreit Mabels Stimme panisch. »Lihi-lyyyy!«

Anouk folgt ihr wie ein Zombie.

Es ist, als wären wir ein halbes Jahr in der Zeit zurückgegangen. Es war kälter, und es schneite, aber der Blick in unseren Augen war der gleiche.

Wo ist Emma?

»*Da stimmt was nicht*«, *sagt Mabel.* »*Wir hatten verabredet, alle vier zusammen nach Hause zu radeln.*«

Halt die Klappe, denke ich.

»*Mann*«, *sage ich,* »*Emma liegt bestimmt schon im Bett. Kein Grund, sich Sorgen zu machen.*«

Ich balle die rechte Hand in meiner Jackentasche zur Faust. Sie brennt noch an der Stelle, mit der ich Emma getroffen habe.

»*Ich stimme Mabel zu*«, *sagt Anouk tonlos.* »*Emma wäre nie weggegangen, ohne uns Bescheid zu sagen. Und sie geht auch nicht ans Handy.*«

Wir schauen uns schweigend an. Ich schlage als Erste die Augen nieder.

»*Wir werden sie suchen*«, *sagt Mabel.*

Anouk schlingt die Arme um sich. »*Ja. Und wenn wir sie in* einer Stunde nicht gefunden haben, rufen wir ihre Tante und die Polizei an.«

Nein, nicht die Polizei! Emma würde bestimmt nicht den Mund halten. Sie würde sicher vor Wut kochen.

Aber das konnte ich unmöglich sagen. Also nickte ich nur.

Wir liefen in die finstere Nacht und riefen ständig ihren Namen: »Emma! E-he-maaaa!«

Ich hoffte, dass wir sie nicht finden würden.

Lilly

Ich versuche mit Emma zu reden, aber es klappt nicht. Die Wörter können den Weg zu meinem Mund nicht mehr finden. Alles ist so anstrengend. Es ist, als hätte mein Körper den Kampf aufgegeben.

Ich kann nicht mehr, sage ich im Stillen zu Emma.

Sie scheint es zu hören. *Komm, noch ein kleines Stück*, antwortet sie lautlos. *Wir sind fast da.*

Ihre Hand umfasst meine noch fester. Ich wage es nicht, sie ihr zu entziehen.

Schritt für Schritt schleppe ich mich voran. Über mir flackern Sterne. Unscharf und schwach, als wären sie fast erloschen. Mein altes Leben scheint plötzlich so weit entfernt.

Entschuldige, dass ich nicht für dich da war. Aber ich konnte nicht anders. Verstehst du das?, frage ich verzweifelt.

Stille. Und dann antwortet eine Stimme in meinem Kopf. *Man hat immer eine Wahl.*

Ja.

Schmerz von innen. Ein beißender, schrecklicher Schmerz. Könnte ich die Zeit doch nur zurückdrehen.

Auf einmal bleiben wir stehen. Warum? Meine Augenlider sind so schwer, dass ich nicht fokussieren kann. Mit äußerster Kraftanstrengung stelle ich meinen Blick schärfer.

Hellblaues Wasser. Unendlich viel hellblaues Wasser.

Es sieht aus wie der Himmel.

So nah.

Ich kann nicht mehr, denke ich noch einmal.

Emma lässt meine Hand los, und ich drehe mich um. Sie lächelt und ist so durchsichtig wie die Luft. *Es ist auch nicht mehr nötig.*

Ich verstehe, was sie meint.

Schwankend gehe ich ein paar Schritte rückwärts. Ich spüre, wie das letzte bisschen Kraft meinen Körper verlässt, wie meine Muskeln erschlaffen.

Ich schließe die Augen und atme aus. Wie eine Lumpenpuppe falle ich hintenüber. Zwei Hände streichen an meiner Seite entlang. Stoßen oder halten? Buße oder Vergebung?

Es ist egal.

Ich bin weg.

Frei.

Für einen Moment schwebe ich über dem Wasser. Und dann falle ich hinein.

Mabel

»Hier ist sie auch nicht.«

Erschöpft lehne ich an einem Baum. Wir sind überall gewesen. Bei den Toiletten, am Müllplatz, im Wald, bei den Dauercampern, auf dem Parkplatz. Lilly ist wie vom Erdboden verschluckt.

»Sie kommt bestimmt wieder«, sagt Bo und zuckt mit den Schultern. »Vielleicht ist sie ja heimlich zu irgendeiner megacoolen Party nach Saint-Raphaël gefahren.«

Ich sehe, dass es sogar Bo schwerfällt, das zu glauben.

»Vielleicht sollten wir lieber zum Zelt zurückgehen«, sage ich leise. »Dann kann Lilly uns auf jeden Fall finden, wenn sie zurückkommt. Und wenn sie in ein paar Stunden noch nicht da ist, dann …« Es fühlt sich wie ein Albtraum an, diese Wörter noch einmal aussprechen zu müssen. »… dann rufen wir die Polizei, okay?«

Bo nickt.

»Anouk.« Ich stupse sie an. »Was hältst du davon, zum Zelt zurückzugehen?«

Abwesend schaut sie an mir vorbei. Ihr Gesicht ist leichenblass.

»Anouk?«, frage ich noch einmal.

Sie beginnt, unkontrolliert zu zittern.

»Was ist los?« Ich fasse sie an den Schultern und zwinge sie, mich anzusehen.

Ihre Pupillen sind so groß, dass ich das Gefühl habe, sie kann alles von mir sehen. Ein Schock durchfährt mich.

»Der Pool«, flüstert sie. »Wir waren noch nicht am Pool.«

Lilly

Ich liege auf dem Grund des Ozeans und kann mich nicht bewegen. Die Welt über mir scheint unendlich weit weg.

Meine Lungen schrumpfen zusammen, mein Herz wummert in meiner Brust. Meine Trommelfelle platzen gleich. Der letzte krampfhafte Versuch meines Körpers, am Leben zu bleiben.

Ich muss an meine Mutter denken. Es scheint eine Ewigkeit her, seit ich mit ihr gesprochen habe.

Tu mir das nicht an, höre ich ihr Flehen.

Sorry, Mama.

Bitte, lass mich dir helfen!

Ich kann nicht mehr. Verstehst du das?

Nein.

Sie wird kleiner und kleiner, bis ich sie nicht mehr sehen kann.

Es wird still in mir. Ich spüre, wie das Wasser noch schwerer auf mir lastet. Luftbläschen strömen aus meinem Mund und treiben hoch, als wollten sie mir den Weg nach oben zeigen. Aber ich kann ihnen nicht folgen, selbst wenn ich wollte. Alle Kraft hat meinen Körper verlassen.

Ich hätte nicht gedacht, dass es so lange dauern würde. Ich hatte nicht erwartet, so lange bei Bewusstsein zu bleiben.

Wann hört es auf?

Eine Erinnerung steigt auf, so klar, dass ich es erneut erlebe. Spätsommer.

Vor vier Jahren.

Am Strand von Bloemendaal.

Wir waren gerade ein paar Wochen in der Orientierungsstufe. Die Sonne war warm, der Himmel blau ohne Wolken.

Es war der perfekte Tag. Wir waren die perfekten Freundinnen.

Emma wurde plötzlich ernst. »Ich … ihr … ihr bedeutet mir sehr viel.«

Wir legten alle fünf unsere Hände aufeinander. »Best friends forever.«

Ein Versprechen, so lose wie der Sand.

Was soll's?

Meine Gedanken werden träger. Unwichtiger. Wie Kerzen erlöschen sie – einer nach dem anderen. Dunkelheit tritt ein.

Ich denke Dinge, die ich im gleichen Augenblick wieder vergesse.

Ich habe Angst, ohne es zu wissen.

Ich weine, ohne es zu fühlen.

Mein Mund öffnet sich, und in einem Reflex atme ich ein.

Wasser fließt in meine Lungen.

Eine Sekunde voll grauenhaftem Schmerz.

Über mir sehe ich Emma. Sie macht ein trauriges Gesicht.

Ich komme zu dir. Ich bin fast dort, wo auch du bist. Dann bist du nicht mehr allein.

Alles um mich herum verschwimmt und verschwindet dann.

Als Letzte löst Emma sich auf.

Es bleibt nichts mehr übrig.

Anouk

Mir ist so kalt. Eine seltsame Kälte, als wäre mein Blut in meinen Adern gefroren. Jeder Schritt bringt uns näher zum Pool.

Lilly, hörst du mich? Ich schicke meine Worte durch die Luft. *Halte noch einen Moment durch, wir kommen.*

Es bleibt beängstigend still in meinem Kopf.

Ich spüre, wie sich Mabels Hand in meine schiebt. Als ich aufschaue, sehe ich, dass sie auf der anderen Seite Bos Hand hält.

Die letzten Meter legen wir gemeinsam zurück.

Wir gehen durch den Zaun am Pool. An den Duschen vorbei. Zum Beckenrand.

Und bleiben stehen.

Das Wasser ist durchsichtig blau im schwachen Morgenlicht. Dieselbe Farbe wie der Himmel, als würden Erde und Himmel ineinander überlaufen.

Wir sind zu spät. Ich weiß es schon, bevor ich sie sehe. Noch bevor Mabel anfängt zu schreien.

Lilly liegt auf dem Boden. Ihre Haare treiben sachte hin und her im Wasser, wie Schlieren von Seetang.

Ich lasse Mabels Hand los und springe ins Wasser. Die plötzliche Kälte nimmt mir den Atem. »Nein!«, rufe ich so laut ich kann. Meine Füße reichen nicht bis auf den Poolboden. Mit aller Kraft, die ich in mir habe, fange ich an zu schwimmen, aber ich komme kaum voran. »O Gott, nein!«

Lilly bleibt unbeweglich auf dem Boden liegen.

195

Keuchend lege ich die letzten Meter zurück. Ich habe das Gefühl, von meinem alten Leben wegzuschwimmen. Noch ein paar Sekunden, bevor meine Welt zerbricht. Könnte ich die Zeit nur zurückdrehen. Könnte ich doch alles nur ungeschehen machen.

Ich halte die Luft an und tauche. Mit wenigen Zügen bin ich bei Lilly. Ich lege die Arme um sie und schwimme nach oben. Prustend komme ich an die Oberfläche. »Lilly, bitte!«, flehe ich und schaue sie an.

Lillys Augen sind halb offen und starren glanzlos in die Ferne, als würde sie etwas anschauen, das ich nicht sehen kann. Ihre Haut ist hellgrau mit blauen Flecken um ihre aufgequollenen Lippen. Ich streiche mit dem Daumen über ihr Gesicht; sie fühlt sich gummiartig an, wie ein Wachsbild. Und sie ist so kalt. Noch kälter als das Wasser.

»Es tut mir so leid«, flüstere ich ihr ins Ohr. »Ich hole dich hier raus.«

Ich drehe Lilly um, sodass sie mit ihrem Rücken an meinem Bauch liegt. Sie ist schwer und steif wie ein Brett. Auf dem Rücken schwimme ich mit ihr ins Flache. Ich kriege Wasser in die Augen, in den Mund, in die Nase. Irgendwo hinter mir höre ich Bo und Mabel schreien. Und dann berühren meine Füße endlich den Boden.

Zitternd krümme ich mich. »Helft mir«, keuche ich. »Helft mir, bitte.«

Bo und Mabel waten durch das Wasser auf uns zu. Ihre Gesichter zeigen Angst. Grauen.

»W-was?«, fragt Bo mit einem letzten Rest Hoffnung.

»Lilly … Lilly ist nicht mehr bei uns«, sage ich leise, während mir die Tränen über die Wangen strömen.

Ich sehe, wie sich die Welt auch für Bo und Mabel im Bruchteil einer Sekunde für immer verändert.

»Nein«, stöhnt Mabel, als wäre sie verwundet. »Gott, bitte, nein.« Schluchzend klammert sie sich an Lillys Körper.

Aus Bos Mund kommt ein lautes, lang gezogenes Wehgeschrei, das fast tierisch wirkt. Ich ziehe Bo an mich und spüre, wie sie von Kopf bis Fuß bebt.

Zu viert bilden wir eine Insel im Wasser.

So nah zusammen wie schon lange nicht mehr.

Und zugleich weiter weg denn je.

Bo

Lillys Augen starren mich an – kalt und vorwurfsvoll. Es ist deine Schuld, scheinen sie zu sagen.

Meine Schuld.

Wenn ich wegrennen könnte, wenn ich für immer verschwinden könnte, dann würde ich es jetzt tun.

Aber mein Körper hat schlapp gemacht.

Anouk zieht mich noch dichter an sich. Schwarze Flecken tanzen vor meinen Augen. Ich bekomme keine Luft mehr!

Ich will zu Anouk sagen: »Lass mich los, blöde Ziege!«

Ich will zu Mabel sagen: »Hör auf mit dem Gejammer!«

Ich will zu Lilly sagen: »Es ist deine eigene Schuld!«

Doch es geht nicht. Meine Wut ist unauffindbar.

Tief in meinem Inneren zerreißt etwas. Eine riesige Welle aus Kummer bricht sich Bahn.

Ich schnappe nach Luft und fange an zu weinen. Erst tonlos, aber dann mit keuchenden, klagenden Lauten. Die Tränen tropfen mir in den Mund, lauwarm und salzig. Verzweifelt versuche ich sie zu schlucken, aber es kommen immer neue Tränen nach, als hätte ich sie all die Jahre aufgespart.

»Es ist gut«, flüstert Anouk mir ins Ohr und tätschelt meine Schulter. »Lass es einfach raus.«

Schluchzend klammere ich mich an sie.

Durch meine Tränen hindurch sehe ich wie Mabel aufsteht. Ihr Mund formt Wörter. Lose Fetzen, die erst viel später ein Ganzes bilden. »Wir müssen die Polizei rufen.«

Mabel

Überall Polizisten. Wie ein Ameisenheer wimmeln sie herum, brüllen Befehle, zeigen aufeinander und auf den Pool. Innerhalb einer Viertelstunde waren sie hier, als hätten sie nur auf unseren Anruf gewartet. Männer und Frauen in dunkelblauen Uniformen, die das Schwimmbad übernahmen. Unser Leben übernahmen.

Wir wurden in Decken gehüllt und zu einem kleinen Tisch geführt. Gesichter, die mich ansahen, an die ich mich jetzt nicht mehr erinnern kann. Stimmen, die mich Sachen fragten, auf die ich keine Antwort hatte. »Wie heißt du?«, hörte ich jemanden fragen. »Mabel«, flüsterte ich. Sie lächelten und legten ihre warmen Hände auf meinen eiskalten Arm. »Nous reviendrons.« Wir kommen zurück.

Und dann ließen sie uns allein.

Bo weint immer noch. Ich erkenne sie kaum wieder. Ein dünnes Mädchen mit angstvollen roten Augen und stumpfen, strähnigen Haaren. Krampfhaft hält sie Anouks Hand fest. Anouks Gesicht ist aschfahl. Mit hohlen Augen schaut sie durch mich hindurch.

Wir sind nicht mehr wir selbst.

Lilly liegt neben dem Pool. Ein Arzt hat ein weißes Laken über ihr ausgebreitet. Sie wirkt so klein. So zerbrechlich. Das weiße Laken scheint so unwirklich groß. Ich stelle mir vor, sie könnte jeden Moment aufstehen, mit leicht entschuldigendem

Blick. »Tut mir leid, dass ich euch so erschreckt habe, alles in Ordnung.«

Aber sie steht nicht auf.

Ich verberge mein Gesicht in den Händen. Im Dunkel steigen die Bilder auf. Lilly in blinder Panik durch den Wald rennend. Lilly mit einer dunklen Gestalt ringend. Lilly um Hilfe schreiend. Lilly im Wasser treibend. Ich kann die Bilder nicht mehr länger ertragen und öffne die Augen. Das hellblaue Wasser im Pool ist spiegelglatt, als wäre es sich keiner Schuld bewusst. Ich starre auf das Blau, bis es in meinen Augen schmerzt.

»Wir bekommen Besuch«, höre ich Anouk leise sagen.

Als ich aufschaue, sehe ich, wie ein etwas älterer Polizist auf uns zukommt. Sein Gesicht ist grimmig. Auf einmal habe ich sehr große Angst.

»Le commissaire souhaite vous parler«, sagt er, als er neben unserem Tisch steht.

Ich muss mich sehr anstrengen, um zu verstehen, was er meint: Der Kommissar will mit uns reden.

»P-pourquoi?«

Der Polizist sieht mich ausdruckslos an. »C'est la procédure.«

Es fühlt sich an, als müssten wir vor Gericht erscheinen. Was seid ihr nur für Freundinnen, dass so was passieren konnte? Erklärt das mal bitte – und gleich auch ihrer Mutter.

»Il vous attend à la réception.«

»Oh, äh, oui … N-nous allons directement à la réception«, stottere ich.

»Une par une, s'il vous plaît.«

Eine nach der anderen. Mein Herz schlägt heftig.

»Je comprends«, sage ich viel lauter als beabsichtigt.

»Bien.«

Ich zwinge mich zu einem Lächeln.

Er erwidert es nicht.

Ich schaue zu, wie er sich umdreht und geht. Erst als er ganz außer Sicht ist, sage ich: »Wir sollen zur Rezeption kommen, eine nach der anderen, und dort mit dem Hauptkommissar reden.«

»So was Ähnliches hatte ich auch verstanden«, sagt Anouk.

»W-warum?« Bo fängt noch lauter an zu weinen. »Die glauben doch hoffentlich nicht, dass wir etwas damit zu tun haben? Dass … dass …«

»Natürlich nicht«, beschwichtigt Anouk. Aber in ihrem Blick sehe ich Zweifel. »Ich gehe dann mal als Erste und rede mit dem Mann«, sagt sie.

Bo klammert sich an Anouks Arm. »N-nein, l-lass mich nicht allein, bitte.«

Sogar ihre Stimme hat sich verändert, alle Kraft und jegliches Selbstvertrauen sind daraus verschwunden.

»Ich gehe schon«, höre ich mich selbst sagen. Mit einem Gefühl, als wären meine Beine betäubt, stehe ich auf. »Bis gleich«, murmele ich.

Anouk und Bo antworten nicht.

Ich gehe am Pool vorbei, biege um die Ecke … und bleibe stocksteif stehen. Der Eingang ist mit einem rot-weiß gestreiften Band abgesperrt. Dahinter stehen Dutzende Menschen. Schweigend starren sie mich an. Ich spüre das Gewicht ihrer Blicke. Es drückt auf mich, macht mich schwindelig. Mit gesenktem Kopf gehe ich zum Absperrband und tauche darunter durch. Die Leute weichen auseinander, als hätten sie Angst, mich anzufassen.

Nach wenigen Sekunden beginnt das Geflüster hinter mir.

Ich glaube, dass ich «Freundin« höre, »ertrunken« und »schliefen«. Die Worte klingen scharf und beschuldigend.

Nicht hinhören. Ignorieren. Weitergehen.

Aber der Weg zur Rezeption scheint endlos. Schon meine Füße anzuheben ist mir zu viel. Die Morgensonne spiegelt sich in den Glasschiebetüren der Rezeption und blendet mich wie ein Scheinwerfer. Sie werden mich durchleuchten. Alles sehen. Hinter alles kommen.

Seltsamerweise fühlt es sich erleichternd an. Ich will nicht länger lügen.

Mit einer letzten Kraftanstrengung gehe ich die Treppe zur Rezeption hoch. Ich höre meine Atmung, unnatürlich schnell, als bekäme ich keine Luft. Die Schiebetüren öffnen sich lautlos, und ich trete über die Schwelle.

Ein paar Sekunden lang kann ich nichts anders tun, als mich erstaunt umschauen. Es ist keiner da. Grelle Neonlampen beleuchten einen Tresen, auf dem ein aufgeschlagener Ordner liegt. Das Logo des Campingplatzes hüpft als Bildschirmschoner über einen Monitor. Auf dem Schreibtisch steht ein halbvolles Glas Tee. Es ist, als wären alle Hals über Kopf ausgeflogen.

Aber dann höre ich ein Geräusch. Es kommt aus dem Flur hinter dem Tresen.

»Hallo?«, rufe ich. »Hallo?«

Wieder höre ich etwas, eine Art Brummen, als würden irgendwo in der Ferne Menschen miteinander reden.

»Je suis ici!«, rufe ich.

Keine Antwort. Zögernd gehe ich am Tresen vorbei in den dämmrigen Flur. Meine Schritte klingen laut auf den weißen Bodenfliesen. Ich fühle mich wie ein Eindringling. Am Ende des Flurs ist eine Tür mit einem Schild: PRIVÉ.

Ich bleibe stehen und lausche. Auf der anderen Seite der Tür höre ich Männerstimmen, die miteinander reden. Ich kann das Französisch nicht verstehen, aber der Rhythmus des Gesprächs ist schnell und gejagt, als wären sie aufgeregt.

»Hallo?« Ich klopfe an.

Das Gespräch geht ohne Unterbrechung weiter. Vorsichtig drücke ich die Türklinke hinunter und spähe um die Ecke.

Drei Männer stehen mit dem Rücken zu mir, zwei Polizisten und der Campingplatzverwalter. Langsam betrete ich den Raum. Die Tür fällt hinter mir ins Schloss, und ich sage noch einmal: »H-hallo?«

Sie ignorieren mich, als gäbe es mich gar nicht. Unentschlossen bleibe ich stehen.

»Je voudrais voir cet film à nouveau«, sagt der ältere Polizist in einem Ton, als wäre er der Chef.

»D'accord.« Der Campingverwalter nickt.

Er geht zum Computer und tippt ein paar Befehle in die Tastatur. Auf dem Monitor an der Wand erscheint ein Bild.

Der Pool, von der Terrasse aus gefilmt. In der linken Ecke des Monitors läuft in weißen Ziffern die Zeit mit. 03:10:07. Zehn nach drei nachts. Durch die Unterwasserlampen ist der Pool leuchtend blau. Der Film könnte auf Pause stehen, so wenig ändert sich am Bild. Nur die Zeit läuft.

Diese Bilder sind von der Überwachungskamera, geht mir durch den Kopf. Von letzter Nacht.

Meine Beine werden weich wie Gummi. Ich muss hier weg, denke ich. Ich will das nicht sehen. Aber ich starre wie gelähmt auf den Bildschirm.

Eine Bewegung neben dem Pool. Aus der pechschwarzen Nacht tritt ein körniger Schatten hervor.

»Elle est là«, sagt der Campingverwalter.

Da ist sie.

Der Schatten dreht sich um und gerät ins Licht der Pool-lampen. Das Dunkel erhält eine Form und ein Gesicht.

Lilly.

Sie ähnelt einer Geistererscheinung in ihrem weißen Nacht-hemd. Ihre nackten Beine und Arme ragen wie dünne Stöcke aus den Falten. Lilly starrt auf einen Punkt am Horizont, ohne zu wissen, dass sie gefilmt wird. Ihr Gesicht glitzert vor Trä-nen.

»Halten Sie den Film an!«, will ich rufen. Aber ich bringe kein Wort zustande.

Die Polizisten und der Campingverwalter zeigen auf den Monitor und aufeinander.

»Attention!«

Sie sind hochgradig nervös – irgendwas passiert gleich.

Lilly schwankt, als wäre sie betrunken, und bewegt sich rückwärts auf den Poolrand zu.

Geh weg, Lilly! Dreh dich um! Flieh!

Verrückt, wie ich in Gedanken zu ihr rede, als könnte ich sie noch retten.

Der Film geht weiter. Lilly schiebt sich noch weiter nach hinten, bis ihre Fersen über die Poolkante ragen. Ihre Augen wirken glasig.

Plötzlich weiß ich nicht mehr, wie ich atmen soll. Schwin-delig lehne ich mich an die Wand. Das kann nicht wahr sein. Darf nicht wahr sein.

Lilly schließt die Augen. Ich habe das Gefühl, neben ihr zu stehen, am Rand des Abgrunds.

Und dann fällt sie nach hinten.

Das Wasser verschluckt sie, und ganz langsam sinkt sie zu Boden. Reglos bleibt sie liegen.

Der Film wird angehalten.

Ich schaue weiterhin auf Lillys reglosen Körper, als wäre ich unter Hypnose.

Sie ist selbst gesprungen.

Doch es fühlt sich so an, als hätten wir sie gestoßen.

Meine Beine können mein Gewicht nicht mehr länger tragen und geben nach.

»Vous l'avez vu?«, fragt der Campingverwalter.

Ja, ich habe es gesehen, denke ich. Es tut mir leid. Es tut mir so leid.

»C'est difficile«, sagt der ältere Polizist zögernd.

»Attend.« Der Campingverwalter geht wieder zum Computer.

Mit einem Mausklick spult der Film zurück. Ich sehe, wie Lilly aus dem Wasser nach oben kommt und auf den Rand zurückspringt, nach vorn schwankt und im Schatten der Nacht verschwindet.

Nach ein paar weiteren Mausklicks beginnt der Film in Zeitlupe noch einmal. Es ist Folter, alles noch einmal anschauen zu müssen.

Der Kummer.

Die letzten Schritte, und dann das Fallen.

Das Bild friert ein. Lilly schwebt wie ein Engel über dem Wasser.

Die letzten schmerzlichen Sekunden ihres Lebens.

Es hilft nichts, wenn ich die Augen schließe: Das Bild ist für immer auf meine Netzhaut gebrannt.

Der Campingverwalter geht zum Monitor und stellt sich auf die Zehenspitzen. Mit dem Finger zeigt er auf zwei schwarze Flecken im Wasser. Einer verläuft parallel zu Lillys

Körper, ihr Schatten. Der andere Fleck berührt Lillys Schatten, fällt aber in einem anderen Winkel über das Wasser.

»Une autre personne«, sagt der ältere Polizist tonlos.

Eine andere Person … Vielleicht war es also kein Selbstmord! Ein beklemmendes Gefühl der Hoffnung steigt in mir auf, was ich sofort wieder beiseiteschiebe, weil es so verrückt ist.

»Un moment, j'ai une idée«, sagt der Verwalter und geht wieder um Computer zurück. Er schließt den Mediaplayer. Ich sehe, wie sich der Zeiger seiner Maus über den Bildschirm bewegt, den Dateimanager öffnet, durch ein Verzeichnis scrollt und einen neuen Ordner öffnet.

»Alors«, murmelt er, während er eine Datei mit einem Doppelklick öffnet.

Auf dem Monitor sehe ich wackelnde Bilder vom Pool. Jetzt aber aus einem anderen Winkel aufgenommen, von der anderen Poolseite.

»C'est une autre caméra de surveillance«, sagt der Verwalter.

Eine andere Überwachungskamera. Vielleicht können wir es darauf besser sehen.

Die beiden Polizisten schauen sich von der Seite an. Ich sehe ihre erwartungsvollen Blicke, als hätten sie gerade ein Geschenk bekommen.

Der Campingverwalter lässt den Film bis zu der Stelle vorlaufen, als Lilly wieder auf dem Poolrand steht, kurz vor dem Sturz. Diese Kamera filmt Lilly leicht schräg von oben, wodurch wir freie Sicht auf das Dunkel hinter ihr haben.

Die verschiedenen Schwarztöne fließen ineinander wie nicht trennbare Puzzleteile. Etwa anderthalb Meter hinter Lilly scheint das Schwarz jedoch tiefer zu werden, als stünde ein Schatten im Schatten. Oder bilde ich mir das nur ein?

Offenbar hat es der ältere Polizist auch gesehen. »Qu'est-ce que c'est?«, fragt er und zeigt auf den seltsamen Fleck.

Der Campingverwalter wählt den Bereich mit der Maus aus. Auf dem Bildschirm sehen wir, wie er das Bild immer weiter vergrößert. Lillys Gesicht wird zu einem Mosaik, kaum noch erkennbar.

»Là-bas!«, ruft der jüngere Polizist und sticht mit dem Finger ins Schwarze.

Und dann sehe ich es auch. Direkt hinter Lilly. Ein körniger, ovaler Fleck. Die Form eines Gesichts. Da steht wirklich jemand hinter ihr!

Ich beginne am ganzen Körper zu zittern, als hätte ich einen Kurzschluss in den Muskeln.

Mit wenigen Mausklicks zoomt der Campingplatzverwalter noch weiter heran. Das Gesicht füllt jetzt den gesamten Monitor. Es könnte jeder sein und zugleich niemand. Es ist ein unkenntliches Gebilde aus Pixeln.

Wir starren alle vier wie gelähmt auf den Bildschirm. War es das?

Dann murmelt der Verwalter etwas, während er ein paar Tasten drückt.

Plötzlich scheint es, als würde das Bild schärfer. Die Quadrate verschmelzen zu einem Ganzen. Die verschwommenen Konturen von Augen, einem Mund, Augenbrauen werden sichtbar.

»C'est une f-fille«, stammelt der Verwalter.

Es ist ein Mädchen.

Ich wollte unbedingt wissen, wer es war, und jetzt weiß ich es.

Es ist, als würde die Wirklichkeit verschwinden. Als würde alles, was ich erlebt habe, seinen Wert verlieren.

Ein Schrei steigt von ganz tief unten auf. »Neeeeeiiin!«

Die drei Männer drehen sich um. Sie starren mich an wie einen Geist.

Mit steifen Lippen murmele ich ihren Namen. Ich weiß, dass sie mir niemals glauben werden.

Niederländisches Mädchen in Frankreich ertrunken
Von unserer Auslandsredaktion

FRÉJUS/SAINT-RAPHAËL – Ein 16-jähriges niederländisches Mädchen wurde gestern Abend tot im Pool eines Campingplatzes aufgefunden. Das meldeten die Behörden vor Ort.
Das Mädchen war mit ihren Freundinnen im Campingurlaub in Südfrankreich.
Die französische Polizei schließt ein Verbrechen nicht aus und hat die Ermittlungen aufgenommen.

Emma

Auf einmal ist man tot.

Und plötzlich lebt man wieder.

Wenn mir jemand diese Geschichte erzählt hätte, dann hätte ich wahrscheinlich gesagt: »Das kann nicht sein.« Oder: »Das denkst du dir aus.« Oder: »Du siehst Gespenster.« Aber glaub mir, es ist wirklich wahr. Und es ging überraschend einfach.

Eines Morgens bin ich ganz normal aufgestanden und habe meine Kleider angezogen. Ich hatte sie ordentlich gefaltet und im Badezimmerschränkchen aufbewahrt, damit sie nicht schmutzig werden. Denn ich wusste, dass dieser Tag irgendwann kommen würde. Mit einem großen Eimer Putzwasser habe ich die Hütte gesäubert. Den Tisch gerade gestellt, den Stuhl wieder an seinen Platz, das Bett so gemacht, wie es damals war, als ich hier ankam. Es sollte so aussehen, als wäre nie jemand hier gewesen.

Als Letztes habe ich mein Tagebuch in die Hand genommen und durch die Seiten mit den herausgerissenen Zeitungsartikeln geblättert. Ich hatte alles aufbewahrt und kommentiert, was über mich geschrieben worden war. Aber es waren immer weniger Artikel erschienen. Und sie wurden immer kürzer. Nach sechs Monaten hatten die Leute bereits vergessen, dass es mich je gegeben hatte.

Ich schlug das Tagebuch zu und steckte es in die Mülltüte.

Fertig. Das Mädchen aus den Zeitungsartikeln existierte nicht mehr.

Mit Mülltüte und Rucksack ging ich zur Tür und sah mich noch einmal um. Nach diesem halben Jahr fühlte sich die Hütte sicher und vertraut an. Aber ich musste weg. Immer häufiger hörte ich draußen Stimmen von Wanderern und Tagesausflüglern. In ein paar Tagen würden die Sommerferien anfangen, und dann würde es im Park voller werden. Das Risiko, entdeckt zu werden, wurde zu groß.

Ich holte tief Luft und ging hinaus. Es war ein schöner Tag. Der Himmel war tiefblau, und es war warm. In der Sonne wirkte die Szenerie richtig schnuckelig: ein weiß gestrichenes Häuschen mit grünen Läden und einem rosa blühenden Baum im Garten. Die anderen Ferienhäuser waren zwischen den Bäumen kaum zu sehen.

Es war Zeit zu gehen, sonst würde ich den Bus verpassen. Ich ging aus dem Garten, den Weg hinunter, an der Ablagestelle für den Müll vorbei zur Straße. Ein Radfahrer sah mich nicht einmal, als ich die Straße überquerte. Die Buslinie 327 kam pünktlich. Ich habe ein Ticket zum Bahnhof Amstel gelöst und mich hingesetzt.

Natürlich wusste ich, wo ich hinfuhr. Das hatte ich mir schon vor Langem überlegt: in unser altes Haus. Das Haus, in dem ich mit meinen Eltern gelebt hatte. Es stand schon rund zwei Jahre leer. Am Bahnhof Amstel stieg ich aus und streifte die Kapuze meiner Jacke über. Bei einem Telefonladen kaufte ich ein Prepaid-Handy mit Datenguthaben. Ganz ruhig bin ich danach in den Middenweg gegangen, mitten durch unser altes Viertel. Verrückt, aber keiner nahm Notiz von mir. Es gab mich wirklich nicht mehr.

Das Haus wirkte dunkel und verlassen. Zögernd klopfte ich

an die Haustür. Irgendwie hoffte ich, sie ginge auf und meine Mutter würde lächelnd in der Türöffnung stehen. »Da bist du ja endlich«, würde sie erleichtert sagen. »Wir haben dich so vermisst. Komm schnell rein, Papa ist auch da.«

Aber die Tür ging nicht auf. Ich klopfte noch einmal und lauschte, ob ich Schritte oder Stimmen hörte. Nichts. Ich steckte den Schlüssel ins Schloss, drückte die Klinke hinunter, schluckte und trat ein.

Endlich zu Hause.

Ich bin schon ein paarmal gestorben. Das erste Mal, als mich die Polizei in der Schule abholte, um mir zu erzählen, dass meine Eltern verunglückt waren. Ein Lastwagen hatte den Stau übersehen, in dem sie standen. Das zweite Mal letztes Jahr im September, als meine Tante mir sagte, wir würden nach Rotterdam umziehen. Es war keine Frage, sondern eine Mitteilung. Und weil ich noch keine achtzehn war, musste ich mit. Sie schaute mich mit ihrem kühlen, verärgerten Blick an, den sie immer in den Augen hatte, wenn sie mich ansah. Ich glaube, wir fanden es beide schrecklich, dass sie mein Vormund war. Doch meine Mutter hatte nur eine Schwester, und mein Vater war Einzelkind gewesen.

Lieber würde ich sterben, als nach Rotterdam umzuziehen. Seltsamerweise ging mir diese Idee nicht mehr aus dem Kopf. Sie wurde täglich größer, bis ich an nichts anderes mehr denken konnte: Vielleicht wäre ich tatsächlich besser tot. Wer würde mich vermissen? Keiner wahrscheinlich.

Ich hatte keine Eltern mehr.

Meine Tante hasste mich.

Und meine Freundinnen hatten vergessen, wer ich war.

Die immer fröhliche Emma, die sich oft vor Lachen nicht

mehr einkriegte, die jedem half und für ihre Freundinnen durchs Feuer ging. Dieses Mädchen war nach dem Unfall ihrer Eltern verschwunden. Statt ihrer gab es ein anderes. Ein Mädchen, das sehr viel weinte, Angst hatte, Streit anfing. Die frühere Emma gab es zwar noch, doch sie hatte sich so hoffnungslos verirrt, dass sie keinen Ausweg mehr sah.

Statt meine Hand zu nehmen und mir den Weg zurück zu zeigen, ließen Bo, Mabel, Anouk und Lilly mich los. Das tat am meisten weh.

Mein Leben hatte keinerlei Sinn mehr. Ich wollte nicht länger Emma Timmers sein.

Und da las ich zufällig den Bericht über Annelies Wilson in der Zeitung. Ein Mädchen aus Rotterdam, das nach einem Schulfest einfach so verschwunden war. Nur ihr Fahrrad, ihr Handy und ihre blutige Jacke waren gefunden worden. Die meisten Leute zweifelten nicht daran, dass sie tot war.

Plötzlich wusste ich, wie ich mein altes Leben loswerden konnte. Ich musste Annelies Wilson werden – aber ohne wirklich zu sterben. Mir blieben noch zwei Monate bis zur Weihnachtsfeier der Schule.

Als Erstes habe ich den Schlüssel vom Ferienhaus meiner Tante in Muiden nachmachen lassen. Ich wusste, dass sie nie dorthin ging und dass es in einem abgelegenen Ferienpark für Naturfreunde stand. Es gab nicht mal eine Rezeption, so klein war der Ferienpark. Und im Winter war es dort nahezu wie ausgestorben. Das schien mir perfekt.

Danach habe ich alle Sachen zusammengesucht, von denen ich dachte, ich könnte sie brauchen: ein Taschenmesser, ein Verbandspäckchen, eine Schachtel Schmerztabletten, Stift, Papier, T-Shirt, saubere Unterwäsche, ein Handtuch, Bettwäsche und einen Rucksack, um alles zu transportieren. Und ich habe eine Bestellung beim Supermarkt Albert Heijn über seine Website aufgegeben, die am Tag der Weihnachtsfeier an der Seite des Häuschens abgestellt werden würde. Kisten voller haltbarer Produkte. Wasser konnte ich aus dem Haus nutzen. In den Unterlagen meiner Tante hatte ich gesehen, dass sie die Kosten für Gas, Wasser und Strom über Einzugsermächtigungen bezahlte. Es würde ihr vermutlich nicht auffallen, wenn der Betrag mal etwas höher ausfiele. Wie praktisch.

Als Letztes habe ich unter falschem Namen ein Halbjahresabo auf die Tageszeitung *De Volkskrant* abgeschlossen.

Und dann war es auf einmal der 20. Dezember. Hätte ich noch Zweifel an meinem Plan gehabt, wären sie an diesem Abend ausgeräumt worden. Mabel, Bo, Anouk und Lilly ließen mich komplett links liegen. Überall wurde getanzt. Gelacht. Aber ich fühlte mich so allein, so einsam. Eigentlich gab es mich schon nicht mehr. Ich musste meinen Plan nur noch in die Tat umsetzen.

Ich habe meine Jacke genommen und bin nach draußen gegangen. Da war niemand ... dachte ich. Ich erschrak furchtbar, als ich Bo an der Straßenecke begegnete. Sie lehnte an einer Mauer und nahm einen großen Schluck aus einem schwarzen Flachmann. «Was machst du denn hier?», fragte sie und sah mich sonderbar an.

Plötzlich hatte ich eine irre Angst, mein Plan könnte schon an dieser Straßenecke enden. Mir fiel nur eine einzige Taktik ein: der Angriff.

»Schauen, ob du dich auch an die Regeln hältst, zum Beispiel nicht trinken unter achtzehn. Vielleicht sollte ich das einfach schnell der Schulleitung melden.«

Ich drehte mich um und tat, als würde ich wieder reingehen. Bo schlug mir mit der flachen Hand ins Gesicht.

»Das lässt du schön bleiben«, zischte sie. »Ich entscheide selbst, was ich tue.«

Arme Bo, auch so allein.

Verrückt, dass mir diese Worte durch den Kopf schossen, während ich dastand. Aber ich konnte ihr nicht helfen. Ich musste mir selbst helfen. Dank Bos Ohrfeige hatte ich eine gute Entschuldigung, weinend davonzufahren. Das ist das Letzte, was sie von mir gesehen hat.

Bei der Nieuwe Achtergracht bin ich vom Rad gestiegen. Das war der Teil meines Plans, vor dem es mir am meisten graute. Ich zog meine Winterjacke aus, klappte mein Taschenmesser auf und setzte die Schneide an meinem linken Oberarm an. Das Metall war kalt auf meiner warmen Haut. Ich schloss die Augen und sagte mir: Einfach weiteratmen. Nicht zögern. Es ist gleich vorbei.

Mit einer einzigen schnellen Bewegung zog ich einen tiefen Schnitt in meine Haut. Es tat unglaublich weh. Ein paar Sekunden lang hatte ich Angst, ich würde in Ohnmacht fallen. Aber dann verging der Schmerz, und aus der Wunde quoll Blut. Ich ließ es auf meine Jacke tropfen, bis ein dunkelroter, fast schwarzer Fleck im Stoff sichtbar wurde. Danach legte ich meine Jacke auf den Bürgersteig, dicht ans Ufer.

Keiner würde jetzt noch daran zweifeln, dass mir etwas Schlimmes zugestoßen war.

Ich biss die Zähne zusammen und wickelte den Verband aus meiner Fahrradtasche um meinen Oberarm. Die Wunde klopfte und bohrte, aber ich musste weiter.

Vom Indische Buurt aus radelte ich aus der Stadt hinaus,

über den Diemerpolderweg zum Diemerbos. Mir war klar, wohin ich musste: zum kleinen See an der Ostseite. Von dort aus konnte ich die Wanderstrecke nach Muiden nehmen. Zum Glück hatte ich eine Ersatzjacke mitgenommen, denn es war eisig kalt. Ich habe meinen Rucksack mit den Sachen aus meiner Fahrradtasche genommen und mein Rad in einem Schilfgürtel versteckt – der Vorderreifen war absichtlich noch ein Stück zu sehen. Anschließend habe ich mein Handy ausgeschaltet und im hohen Bogen in den See geworfen.

Ich war sicher, dass mein Fahrrad innerhalb weniger Tage gefunden werden würde. Tagsüber wimmelte es hier nur so vor Leuten, die ihren Hund ausführten. Mein Handy würde wahrscheinlich von Tauchern aus dem Wasser gefischt werden. Arme Emma Timmers. Entführt, niedergestochen und ermordet.

Alles verlief perfekt nach Plan.

Aber dann ging es doch beinahe schief. Natürlich hatte ich die Strecke vom Diemerbos zum Ferienhaus auf Google Maps herausgesucht und auswendig gelernt. Es waren höchstens vier Kilometer. Doch im Dunkeln sahen alle Bäume gleich aus, und ich hatte kein Handy mehr, um meinen Standort zu bestimmen. Um die Katastrophe perfekt zu machen, fing es auch noch an zu schneien. Die Schneeflocken klebten an meiner Jacke, blieben in meinen Haaren hängen und verschmolzen langsam zu einem nassen Schneematsch. Nach einer Stunde war mir so kalt, dass ich nur noch zitterte. Nach anderthalb Stunden wurden meine Gedanken träge und schwammig, und nach zwei Stunden war es mir völlig egal, ob ich vor Kälte sterben würde.

Ich glaube, dass ich ungefähr zu diesem Zeitpunkt mein Armband mit den Anhängern verloren habe. Wahrscheinlich bin ich an irgendeinem Zweig hängen geblieben, und dann ist das Armband am Kanaaldijk West in den Schlamm gefallen, ohne dass ich es merkte.

Wie durch ein Wunder habe ich schließlich den Ferienpark in Muiden gefunden. Völlig erschöpft und unterkühlt bin ich ins Häuschen meiner Tante gestolpert. Das Licht funktionierte nicht, aber ich war zu müde, um den Sicherungskasten zu suchen. Ich habe nur noch meine nasse Kleidung ausgezogen und mich aufs Bett gelegt.

Dort fiel ich in eine Art Koma und hatte seltsame Träume: Von meinen Eltern, die neben mir saßen und meine Hand festhielten. Von einem stickigen Raum, in dem ich eingeschlossen war. Von einem Schemen, der mich berührte.

Das wirkte alles so echt, dass ich aufgeschreckt bin. Es war pechschwarz, und für einen Moment wusste ich nicht, wo ich war. Ich hatte die Hütte noch nie bei Tageslicht gesehen. Ich tastete mich durch das Zimmer. Es war eine kleine Einpersonenhütte mit ein paar Möbeln und einem Schlafsofa. Hinter einer Kassettentür befand sich das winzige Badezimmer, aber dort traute ich mich ohne Licht nicht hinein. Es fühlte sich an, als wäre ich in einem dunklen Schrank eingeschlossen. Was hatte ich getan? O mein Gott, was hatte ich getan? Ich geriet in Panik und kroch weinend zurück ins Bett.

Die Tage danach waren einfach nur schrecklich. Die Schnittwunde am Oberarm entzündete sich immer mehr. Meine Schachtel mit den Schmerztabletten war schon nach zwei Tagen aufgebraucht, und im Badezimmer konnte ich keine Medikamente finden. Das Fieber stieg so hoch, dass ich glaubte, ich würde es nicht überleben. Aber offenbar war es für mich wirklich noch nicht an der Zeit.

Und dann stand eines Tages plötzlich jemand vor der Tür.

Ein Einbrecher? Ein zufälliger Passant? Wer es auch war, er durfte nicht reinkommen. Ich sah die Schlagzeile schon vor mir: VERMISSTE EMMA TIMMERS IN FERIENPARK GEFUNDEN!

Zitternd vor Angst bin ich unters Bett gekrochen. Nach einer Weile gab die Person auf der anderen Türseite auf. Ich war mit knapper Not davongekommen.

So nahe wie dieses eine Mal ist nie wieder jemand gekommen. Manchmal hörte ich Stimmen, oder ein Kind schrie und weinte. Wie bei dem einen Mal mit dem Mädchen. Wahrscheinlich war es hingefallen. Da hatte ich ziemlich Schiss. Was, wenn sie wegen sauberem Wasser und einem Pflaster bei mir angeklopft hätten?

Nachts schlüpfte ich manchmal aus dem Haus, um die Zeitung aus dem Briefkasten am Zaun zu holen oder den Müll wegzubringen. Zum Glück bin ich dabei nie jemandem begegnet.

Die Tage reihten sich aneinander, wurden zu Wochen und dann zu Monaten. Die Bücher aus dem Regal meiner Tante hatte ich schon nach ein paar Wochen ausgelesen. Und die Nachrichten in der Zeitung interessierten mich immer weniger. Es war, als wäre ich nicht mehr Teil dieser Welt. Die Einsamkeit und die Stille lasteten immer schwerer auf mir. Ich verlor mich selbst immer mehr. Eines Tages wagte ich es, mich endlich loszulassen. Emma Timmers war Vergangenheit.

Hier hätte die Geschichte enden sollen. Ich wäre ein paar Wochen in unserem alten Haus geblieben, um mich zu erholen und wieder zu Kräften zu kommen. Bei geschlossenen Vorhängen würde niemand mein Versteck entdecken. Und im Vorratsschrank gab es noch ausreichend Lebensmittel in Konserven, sodass man es gut noch eine Weile aushalten konnte. Zum

Glück hatte meine Tante sich nie die Mühe gemacht, das Haus aufzuräumen. Nach ein paar Wochen wollte ich dann in ein anderes Land ziehen und mir dort eine neue Existenz aufbauen.

So hatte ich mir das überlegt.

Leider habe ich mich nicht an meine eigenen Spielregeln gehalten. Ich war gerade erst ein paar Tage im Haus am Middenweg, als ich auf meinem Handy eine Nachricht auf Facebook las, die Bo gepostet hatte (ja, ganz schlimm, ich checkte immer noch die Chroniken von Bo, Anouk, Mabel und Lilly. Dafür hatte ich sogar einen Fake-Account eingerichtet).

Yes, Sommerferien! Morgen nach Frankreich! Jetzt neuen Bikini kaufen #bestholidayever

Mabel, Anouk und Lilly hatten den Post geliked. Ich wusste genau, von welchem Urlaub sie redeten. Unserem Urlaub. Ich war so sehr davon ausgegangen, dass sie diesen Urlaub storniert hatten …

Also nicht.

Ich war kaum ein halbes Jahr tot, und sie hatten mich jetzt schon vergessen! Blitzartig wurde mir klar, dass ich wütend war. Und enttäuscht. Es fühlte sich an, als hätten sie mich zum zweiten Mal fallen gelassen. Ich starrte auf den kleinen Bildschirm, bis ich Flecken sah. Ein Gedanke stieg auf und schob alle anderen zur Seite, bis ich an nichts anderes mehr denken konnte: Ich würde auch nach Frankreich fahren! Heimlich.

In dem Moment schien es mir eine so logische Entscheidung zu sein, auch wenn ich keine Ahnung hatte, was ich dort machen sollte.

Ich habe ein paar Kleidungsstücke in einen Koffer geworfen, unter anderem das Oberteil von der Weihnachtsfeier, und bin per Anhalter nach Südfrankreich. Dort habe ich mir ein billiges Hotel in Campingplatznähe gesucht. Am nächsten Morgen bin ich früh aufgestanden und zum Campingplatz gelaufen. Kurz vor acht fuhr der Bus auf den Parkplatz.

Ich stand ein paar Meter entfernt hinter einem Auto, aber sie sahen mich nicht. Ich war Luft für sie. Ein Geist. Ich folgte ihnen am Zaun des Campingplatzes entlang zu ihrem Stellplatz und sah zu, wie sie ihr Zelt aufbauten. Ich sah, wie sie zum Pool gingen, in der Sonne abhingen, Einkäufe erledigten, zusammen aßen, ein Spiel spielten.

Es war *the best holiday ever*, wie Bo schon geschrieben hatte. Ohne Emma Timmers.

Nach dem Essen bin ich zu meinem Hotel zurückgegangen. Ich konnte nicht länger mitansehen, wie schön sie es zusammen hatten. Erst Stunden später konnte ich einschlafen – mit vom Weinen dick verquollenen Augen. An den nächsten Tagen wurde es fast zu einer Besessenheit, ihnen zu folgen.

Einmal wäre es fast schiefgegangen, als sie vom Strand zum Campingplatz zurückliefen. Es gab ein Gewitter, und plötzlich lief Lilly hinter mir. Sie sah mich, aber doch wiederum nicht wirklich wegen des dichten Regenvorhangs. Und dann rannte sie gegen den Ast … Ich bin ihnen zum Campingplatz gefolgt, um sicher zu sein, dass es Lilly gut ging. Das wurde mir fast zum Verhängnis. Beim Zelt stand plötzlich der Typ, mit dem Bo vorher rumgemacht hatte. Wahrscheinlich suchte er sie. Zum Glück konnte ich mich gerade noch rechtzeitig wegducken.

Und manchmal hatte ich das Gefühl, Anouk könnte meine Anwesenheit spüren. Als würde sie mitten durch alle Bäume schauen, hinter denen ich mich versteckte. Das war natürlich

Unsinn. Ich habe nie an ihre sogenannte paranormale Gabe geglaubt – und sie selbst meiner Ansicht nach auch nicht.

In meinem Kopf füllte sich ein Fotoalbum mit allen fröhlichen Augenblicken ihres Urlaubs. Es tat weh. Sehr weh. Es fühlte sich an, als verlöre mein altes Leben dadurch völlig an Bedeutung. Als würde nichts, was ich je getan hatte, noch irgendwie zählen.

Emma Timmers, wer war das noch? War das nicht dieses Mädchen von der Schule? Oder vom Hockey? Sie hatte blonde Haare, oder? Und o ja, damals verschwand sie auf einmal!

Plötzlich wollte ich so gern, dass sie wieder an mich dachten. Dass ich wieder spüren würde, dass es mich sehr wohl gegeben hatte. Aber ich konnte ja schlecht auf sie zugehen und sagen: »Hallo, hier bin ich!« Also habe ich das getan, was dem am nächsten kam: Ich habe dafür gesorgt, dass sie meine Sachen bekamen.

Erst stopfte ich mein Top in Bos Tasche. Das ging so leicht! Auf einem Campingplatz achtet niemand auf ein Mädchen in Sommerkleid und Flipflops. Und dann der Karton mit meinem Ring.

Einen Mann, den ich schon öfter in der Nähe des Campingplatzes hatte herumlungern sehen, habe ich gefragt, ob er das Päckchen für einen Zwanziger an der Rezeption abgeben würde. Anschließend habe ich mich neben einen Baum gesetzt und gewartet. Es dauerte Stunden, bevor Mabel mit dem Karton ankam. Und noch einmal eine Viertelstunde, bis Bo ihn endlich öffnete.

Sogar jetzt noch schäme ich mich, wenn ich daran denke. Vor meinen Augen sah ich, wie sie zerbrachen! Hatte ich das wirklich gewollt?

Und plötzlich verstand ich es: Sie setzten ihr Leben nicht

221

fort, weil sie mich vergessen hatten – sie taten es, weil sie sonst selbst kein Leben mehr hätten.

Mit einem ganz abscheulichen Gefühl bin ich ins Hotel zurückgelaufen und habe meine Sachen gepackt. Es reichte. Am nächsten Tag würde ich nach Hause trampen. Und ich würde nie wieder Emma Timmers sein.

In dieser Nacht bin ich zum allerletzten Mal zum Campingplatz zurückgegangen, um mich zu verabschieden. In der Sicherheit der Nacht habe ich mich neben das Zelt gekauert und mein Ohr an das Tuch gelegt. Durch den dünnen Stoff hörte ich, wie sie atmeten. Ein wunderliches, fast intimes Geräusch. Wenn ich die Augen schloss, war es fast, als würde ich neben ihnen im Zelt liegen. Für einen kurzen Moment fühlte ich mich wieder wie ein Teil von ihnen. *Wie hatte ich sie vermisst.*

»Es tut mir leid«, flüsterte ich.

Und da passierte es.

Der Reißverschluss des Zelts wurde aufgezogen.

Und Lilly stolperte hinaus. Sie sah mich an, als wäre ich ein Geist.

»Lilly!«, rief ich erschrocken aus.

Ich hörte das Pochen meines Bluts, laut und vorwurfsvoll. Es gibt nur eine Sache, die schlimmer ist als tot zu sein: So zu tun, als wäre man tot. Und das würde die ganze Welt jetzt erfahren.

Aber es geschah nichts. Lilly fing nicht an zu schreien, sie weinte nicht, und sie fiel auch nicht in Ohnmacht. Sie starrte mich nur weiterhin an, als wäre sie betrunken. Oder bekifft.

Vielleicht hatte ich ja noch eine Chance. Vielleicht würde sie es verstehen.

»Wir müssen reden«, flüsterte ich heiser. Doch sie hörte mich nicht, sah durch mich hindurch.

»Hab keine Angst, Lilly«, flehte ich.

Sie zitterte am ganzen Körper.

»Kommst du mit?« Ich habe ihre Hand genommen und bin mit ihr zum Pool gegangen. Das war der einzige Ort, der mir einfiel, wo wir in aller Ruhe reden könnten.

Im Schatten der Bäume habe ich Lillys Hand losgelassen. »Bitte lass es mich dir erklären«, bat ich inständig.

Ihr Gesicht war wie aus Stein.

»Ich … ich konnte nicht anders.« Ich schloss die Augen und biss mir auf die Lippe. »Verstehst du das?«

Keine Antwort.

Als ich meine Augen wieder öffnete, sah ich, wie sie in den Pool fiel. Mit ausgestreckten Armen schwebte sie kurz über dem Wasser. Wie ein Engel im Licht der Sterne und des Mondes.

Ich wollte sie festhalten, aber der Stoff ihres Nachthemds rutschte mir durch die Finger.

Das Wasser verschluckte sie. Langsam sank sie zu Boden. Ich sah, wie sie mich mit großen Augen ansah. Nicht wütend oder beschuldigend. Nein, eher verständnisvoll und voller Zuneigung.

Innerhalb einer Sekunde habe ich eine Entscheidung getroffen. Ich habe mich umgedreht und bin weggerannt. Bei jedem Schritt sagte ich mir: Lilly ist zum Rand geschwommen und hinausgeklettert. Sie wird allen erzählen, dass sie mich gesehen hat, aber niemand wird ihr glauben. »Das war ein Traum«, werden sie sagen, »du bist geschlafwandelt.« Und irgendwann wird Lilly das auch selbst glauben.

Ja, so würde es laufen.

223

Wenige Tage später las ich in der Zeitung, dass sie ertrunken war.

Warum geschehen Dinge?

Warum wollte ich tot sein, aber schlussendlich starb Lilly?

Warum habe ich mich für mich entschieden und nicht für sie?

Warum?

Ich kann niemandem einen Vorwurf machen, nur mir selbst. Und das mache ich jeden Tag.

Es ist an der Zeit, jetzt wirklich zu gehen. Abschied zu nehmen von diesem Leben.

Vergebt mir.

August 2020

Mabel

Es ist ein Samstag im August, so ein schwüler, drückender Sommertag, an dem es selbst im Schatten zu warm ist. Aber die Luft riecht schon nach Herbst, feucht und schwer. In einer Woche ist September, und wir fangen mit dem Studium an. Das war das letzte Mal, dass wir uns in diesem Sommer sehen konnten. Dass wir Lilly sehen konnten.

»Soll ich jetzt …«, fragt Bo zögernd.

Anouk nickt.

Behutsam tritt Bo vor. Ich schaue zu, wie sie sich bückt und ein paar Blätter von Lillys Grab fegt. Eine junge Frau von achtzehn Jahren mit roten wässrigen Augen, die es schon lange nicht mehr schlimm findet, wenn wir sie weinen sehen. Sie hat sich sogar getraut, ihren Eltern ihren Kummer zu zeigen. In diesen Sommerferien ist Bo zum ersten Mal seit Jahren wieder eine Woche mit ihren Eltern und Schwestern in Urlaub gefahren.

»Na los«, ermutigt Anouk sie.

Bo nickt und stellt die Skulptur auf Lillys Grab: fünf Lilien, die miteinander verwachsen sind und zum Himmel zeigen. Die fünf Lilien sind wir: Emma, Lilly, Bo, Anouk und ich. Wir haben die Skulptur speziell für Lilly anfertigen lassen.

Bo stellt sich neben uns. Wir fassen uns an den Händen und schauen auf das Grab.

Lilly Albertine Rijssel
27. Oktober 2002 – 11. Juli 2019
In unseren Herzen blühst Du für immer

Ich kann immer noch nicht glauben, dass ich Lilly nie wiedersehen werde. Manchmal habe ich das Gefühl, sie zu sehen, wenn ich durch eine volle Einkaufsstraße laufe oder abends im Dunkeln nach Hause radle. In jedem Schatten und in jeder Bewegung entdecke ich dann ihr Gesicht.

Als wir im Juni unsere Abschlusszeugnisse bekamen, war dieses Gefühl am stärksten. Hier hätte auch Lilly stehen müssen.

Aber sie ist nicht mehr da, und sie wird nie mehr da sein.

Dem Pathologen zufolge hatte sie in dieser Nacht eine Überdosis Beruhigungstabletten geschluckt. Deren Nebenwirkungen sind eine starke Bewusstseinstrübung, Verwirrtheit, Koordinationsstörungen und ein Verlust von Muskelkraft. Aber das ist alles nicht tödlich. Wäre sie nicht ins Wasser gefallen, würde sie wahrscheinlich noch leben.

Manchmal rede ich in Gedanken mit Lilly. Dann sage ich ihr, wie besonders sie war und wie sehr ich sie vermisse. Ich hoffe, dass sie es hört.

»Lilly findet die Skulptur sehr schön«, sagt Anouk und wischt sich eine Träne von der Wange.

Ich lächele. Es ist nicht seltsam, diesen Satz aus Anouks Mund zu hören. Lilly wäre bestimmt sehr stolz auf Anouk, wenn sie wüsste, dass sie Psychologie studieren wird. Anouks

Mutter hatte ihr dazu geraten. Ein Studium mit Gefühl, ohne zu nebulös zu werden.

Anouk sieht auf ihre Armbanduhr. »Wann holt Sam dich ab?«

»In ein paar Minuten«, sage ich. »Wir müssen noch ein paar Kartons packen. Morgen ziehen wir unsere Sachen um.«

Ich werde Jura studieren in Leiden. Und ich ziehe mit Sam zusammen. Meine Eltern waren nicht begeistert, als ich ihnen Sam vorgestellt habe. Aber ich konnte sie nicht länger belügen. Ich konnte mich nicht länger belügen.

In den vergangenen zwei Jahren hat sich so viel verändert. Manchmal scheint es, als wären wir an diesem Tag im Juli allesamt erwachsen geworden. Vielleicht muss man erst etwas verlieren, bevor man versteht, was wirklich wichtig ist.

Ich spüre, wie sich ein Kribbeln über meinen Rücken ausbreitet. Schnell werfe ich einen Blick über die Schulter.

Niemand.

Wie immer.

Die Polizei hat monatelang nach dem Mädchen von den Überwachungsbildern gesucht. Dass es Emma war, haben sie nicht geglaubt. Das Bild war zu verschwommen, zu schlecht erkennbar. Auf dem Film war auch nicht eindeutig zu sehen, ob das Mädchen Lilly geschubst oder versucht hatte, sie festzuhalten. Die offizielle Erklärung lautete schließlich: Unfall mit Todesfolge.

Lillys Mutter ist einmal zu uns gekommen, um sich für die frischen Lilien zu bedanken, die jede Woche auf dem Grab liegen. Wir haben ihr gesagt, dass die Blumen nicht von uns sind. »Aber von wem dann?«, fragte sie.

Das werden wir nie herausfinden, denke ich.

»Hallo«, höre ich eine leise Stimme neben mir.

Sam! Ich drehe mich um und küsse sie auf den Mund. Ich bin so froh, dass sie mir noch eine zweite Chance gegeben hat. Dass sie *uns* eine zweite Chance gegeben hat. Ein paar Wochen nach Lillys Begräbnis habe ich Anouk und Bo erzählt, dass ich lesbisch bin. Sie waren erstaunt, aber auch verständnisvoll. »Ich habe so etwas schon gespürt«, sagte Anouk. »Warum hast du es uns nicht früher erzählt? Wir sind deine Freundinnen.«

Meine Eltern hatten anfangs mehr Probleme damit. Mit kleinen, mühsamen Schritten mussten sie sich an die Vorstellung gewöhnen. Aber jetzt, ein Jahr später, lassen sie nichts auf Sam kommen.

Ich muss noch oft an jenen ersten Kuss denken, damals in der Gasse. Was bin ich in Panik geraten, als sich herausstellte, dass Emma uns zufällig beobachtet hatte. Ich hatte so große Angst, dass sie es allen erzählen würde. Aber jetzt tut es mir unendlich leid, dass ich sie nicht ins Vertrauen gezogen habe. Ich hatte einfach genug mit mir selbst zu tun. Aber sie auch. Wir hätten uns vielleicht gegenseitig helfen können.

»Sollen wir gehen?« Anouks Stimme holt mich in die Wirklichkeit zurück. »Es ist fast vier Uhr.«

Ich nicke und schaue noch einmal zum Grab. Es ist, als stünden wir an einer Kreuzung zwischen unserem alten und unserem neuen Leben. Ab jetzt wird die Distanz mit jedem Jahr größer werden. Wir werden unser Leben fortsetzen, studieren, arbeiten, vielleicht irgendwann Kinder kriegen. Lilly und Emma werden immer sechzehn bleiben. Aber vergessen werden wir sie nie. Durch sie wurden wir, wer wir sind. Die Entscheidungen, die wir treffen, treffen wir, weil wir sie gekannt haben.

»Adieu«, murmelt Bo.

Wir drehen uns um und gehen zurück – in unser Leben.

Brand legt Haus in Schutt und Asche

Amsterdam – Vergangenen Freitag wütete ein großer Brand in Amsterdam Ost. Das Feuer war in einer Wohnung am Middenweg ausgebrochen.

Der Brand wurde am Morgen von den Nachbarn gemeldet. Erst gegen Mittag konnte die Feuerwehr den Brand unter Kontrolle bringen. Umliegende Häuser haben große Rauchschäden davongetragen.

Die Brandursache ist noch nicht geklärt. Außerdem ist unklar, ob sich zum Zeitpunkt des Brandes Personen in der Wohnung aufhielten. Den Anwohnern zufolge stand das Gebäude schon seit geraumer Zeit leer.

Leseprobe

A Good Girl's Guide to Murder

Holly Jackson

QAG

*Erhebungsbogen zur Anerkennung
akademischer Leistungen*

Kandidatennummer	Name des Kandidaten/ der Kandidatin
4169	Pippa Fitz-Amobi

Teil 1: Antrag des Kandidaten/der Kandidatin

Vom Kandidaten/von der Kandidatin auszufüllen

Themenrelevante Studienfächer oder Interessensgebiete:

Englisch, Journalismus, Investigativer Journalismus, Strafrecht

---

Arbeitstitel des Projekts

Darstellung des zu erforschenden Themas in Form von Aussage/Frage/Hypothese:

Recherche zum Vermisstenfall Andie Bell in Little Kilton, 2012

Ausführlicher Bericht über die bedeutende Rolle, die Printmedien, Fernsehen und Social Media bei Polizeiermittlungen einnehmen, dargestellt am Beispiel der Fallstudie Andie Bell, mit besonderem Augenmerk auf die Vorverurteilung von Sal Singh in der Presse.

Als Quellen sind vorgesehen:

Interview mit Vermisstenfachleuten; Interview mit örtlichem Journalisten, der über den Fall berichtet hat; Interviews mit Gemeindemitgliedern. Fachliteratur zu den Themen Polizeiarbeit, Psychologie und Rolle der Medien.

Anmerkungen des Projektbetreuers/der Projektbetreuerin:

Wie bereits besprochen, handelt es sich hier um ein außerordentlich sensibles Thema – um ein furchtbares Verbrechen, das in unserer Stadt geschah. Auch wenn mir bewusst ist, dass Sie sich nicht davon abbringen lassen, wird diese Arbeit nur unter der Maßgabe angenommen, dass keine ethischen Grenzen überschritten werden. Bei Ihrer Recherche sollten Sie unbedingt einen klaren Fokus beibehalten, ohne sich zu sehr auf sensible Punkte zu konzentrieren.

Und ich möchte betonen, dass **KEIN KONTAKT** zu den betroffenen Familien aufgenommen werden darf. Falls doch, wird es als Verletzung ethischer Grundregeln gewertet, und Ihr Projekt wird abgelehnt werden. Und arbeiten Sie nicht zu viel. Ich wünsche Ihnen einen schönen Sommer.

Erklärung des Kandidaten/der Kandidatin

Ich bestätige, dass ich die Hinweise zu unlauteren Methoden, wie sie in den Hinweisen für die Kandidaten/die Kandidatinnen festgelegt sind, gelesen und verstanden habe.

Unterschrift: Pippa Fitz-Amobi

Datum: 18.07.2017

Eins

Pip wusste, wo sie wohnten.

Jeder in Little Kilton wusste, wo sie wohnten.

Ihr Zuhause war zu einem Spukhaus geworden. Die Leute gingen schneller, wenn sie dort vorbeimussten, und ihre Unterhaltungen erstarben mitten im Gespräch. Nach Schulschluss bildeten sich kleine Gruppen kreischender Kinder, die sich gegenseitig herausforderten, zum Haus zu laufen und die Gartenpforte zu berühren.

Doch in dem Haus lebten keine Geister, sondern nur drei traurige Menschen, die sich bemühten, ihr Leben wie früher weiterzuleben. Es gab keine flackernden Lampen oder von Geisterhand umgekippte Stühle, dafür ein in schwarzen Lettern aufgesprühtes »Abschaum« und von Steinen eingeworfene Fensterscheiben.

Pip hatte sich immer gefragt, warum sie nicht fortzogen. Nicht, dass sie es müssten, denn sie hatten ja nichts verbrochen. Aber sie verstand nicht, wie diese Leute so leben konnten.

Pip wusste eine Menge; sie wusste, dass Hippopotomonstrosesquippedaliaphobie der wissenschaftliche Ausdruck für die Furcht vor langen Wörtern war; sie wusste, dass Babys ohne Kniescheiben zur Welt kommen konnten; sie kannte die besten Zitate von Plato und Cato auswendig, und sie wusste, dass es über viertausend Kartoffelsorten gab. Aber sie verstand nicht, woher die Singhs die Kraft nahmen, zu bleiben. Hier, in

Kilton, unter der Last so vieler starrender Blicke, des Getuschels, das gerade laut genug war, um es zu verstehen, des nachbarlichen Smalltalks, der nie mehr zu einer richtigen Unterhaltung wurde.

Besonders grausam war es, dass sich ihr Haus so nahe an der Little Kilton Grammar School befand, auf die sowohl Andie Bell als auch Sal Singh gegangen waren und an die Pip in wenigen Wochen, wenn die vom August trunkene Sonne in den September überginge, für ihr letztes Jahr zurückkehren würde.

Pip blieb stehen und legte eine Hand auf die Pforte, womit sie mehr Mut bewies als die Hälfte der anderen Kinder des Städtchens. Ihr Blick wanderte den Weg zur Haustür entlang. Es mochten nur wenige Schritte sein, doch fühlte es sich an, als klaffte ein gähnender Abgrund zwischen der Stelle, an der sie stand, und der Tür. Dies könnte eine sehr schlechte Idee sein; das hatte sie durchaus bedacht. Die Vormittagssonne war heiß, und sie spürte schon, wie ihre Kniekehlen unter der Jeans klebrig wurden. War die Idee kühn oder einfach nur dumm? Andererseits hatten selbst die größten Persönlichkeiten der Geschichte immer Risiko über Sicherheit gestellt. Wollte sie etwas erreichen, musste sie das auch tun. Also pfiff sie auf den Abgrund und ging auf die Tür zu, an der sie nur eine Sekunde stockte, um sich zu vergewissern, dass sie dies hier wirklich wollte. Sie klopfte dreimal. In der Haustür sah sie ihr angespanntes Spiegelbild: das lange dunkle Haar, an den Spitzen zu einem helleren Braun ausgeblichen; das Gesicht, das blass war, obwohl sie die letzte Woche in Südfrankreich verbracht hatte, die durchdringenden, schlammgrünen Augen, gewappnet für das, was kommen würde.

Sie hörte das Rasseln einer Kette und ein doppeltes Klicken im Schloss. Dann schwang die Tür auf.

»Ja?«, fragte er, wobei er die Tür nur halb offen hielt. Pip blinzelte, um nicht zu starren, aber sie konnte einfach nicht anders. Er sah Sal so ähnlich, dem Sal, den sie aus all den Fernsehberichten und von den Zeitungsfotos her kannte. Wie der Sal, dessen Bild in ihrer Erinnerung schon zu verblassen begann. Ravi hatte das gleiche wilde, zur Seite gestrichene schwarze Haar wie sein Bruder, die gleichen gebogenen Augenbrauen und den gleichen dunklen Teint.

»Ja?«, fragte er wieder.

»Ähm ...« Pips spontaner Charmereflex versagte. Ihr Hirn verarbeitete noch, dass er, im Gegensatz zu Sal, ein Kinngrübchen hatte, genau wie sie selbst. Und er war noch größer geworden seit dem letzten Mal, als sie ihn gesehen hatte. »Ähm, entschuldige, hi.« Sie winkte linkisch, was sie umgehend bereute.

»Hi?«

»Hi, Ravi«, sagte sie. »Ich ... du kennst mich nicht ... Ich bin Pippa Fitz-Amobi. Ich war ein paar Klassen unter dir in der Schule, bevor du abgegangen bist.«

»Okay ...«

»Ich wollte nur fragen, ob du vielleicht ein Sekündchen Zeit hast? Na ja, kein Sekündchen ... Hast du gewusst, dass Sekündchen tatsächlich eine Zeiteinheit ist? Ein Hundertstel einer Sekunde, also ... hast du vielleicht mehrere Sekündchen Zeit?«

Gott, das passierte, wenn sie nervös war oder sich in die Enge getrieben fühlte: Sie fing an, blödsinnige, als schlechte Witze getarnte, Fakten von sich zu geben. Und noch etwas: War sie nervös, wurde Pippa schlagartig arroganter und klang

wie ein reicher Snob. Wann hatte sie jemals im Ernst von »Sekündchen« gesprochen?

»Was?«, fragte Ravi sichtlich verwirrt.

»Sorry, egal«, sagte Pip, die sich langsam erholte. »Also ich
mache eine EPQ an der Schule und …«

»Was ist eine EPQ?«

»Erweiterte Projektqualifizierung. Das ist ein Projekt, das
man im letzten Schuljahr selbstständig machen muss. Man
kann das Thema frei wählen.«

»Oh, bis dahin bin ich in der Schule nie gekommen«, sagte
er. »Ich bin runter, sobald ich konnte.«

»Äh, tja, ich wollte fragen, ob ich dich für mein Projekt in-
terviewen darf.«

»Worum geht es?« Skeptisch zog er die dunklen Augenbrauen zusammen.

»Ähm … es geht um das, was vor fünf Jahren passiert ist.«

Ravi atmete laut aus und verzog den Mund. Er sah angespannt, fast wütend aus.

»Warum?«, fragte er.

»Weil ich nicht glaube, dass es dein Bruder war – und ich
will versuchen, es zu beweisen.«

Pippa Fitz-Amobi
EPQ 01.08.2017

Protokoll – Eintrag 1

Dieses Protokoll soll eigentlich mögliche Hindernisse aufzeichnen, auf die man bei der Recherche, beim Schreiben
und bei den Zielen für den Abschlussbericht stoßen kann.
Mein Protokoll wird ein wenig anders aussehen: Ich werde
meine gesamte Recherche hier aufzeichnen, sowohl rele-
vante wie auch irrelevante Fakten und Ergebnisse, weil ich
bisher noch nicht genau weiß, wie mein Abschlussbericht
aussehen wird oder was am Ende relevant sein könnte. Ich
weiß nicht, worauf ich hinauswill. Deshalb muss ich schlicht
abwarten, wo ich am Ende meiner Recherche stehe und wie
dann mein Essay aussehen soll. [Wird das jetzt ein bisschen
wie ein Tagebuch???]

Ich hoffe, dass es *nicht* der Essay wird, den ich Mrs. Morgan vorgeschlagen hatte, sondern die Wahrheit: Was passierte wirklich am 20. April 2012 mit Andie Bell? Und wenn
Salil, »Sal«, Singh – wie mir mein Gefühl sagt – nicht schul-
dig ist, wer hat sie dann umgebracht?

Ich glaube nicht, dass ich den Fall tatsächlich aufkläre
und herausbekomme, wer Andie ermordet hat. Ich bin keine
Polizistin mit Zugriff auf ein forensisches Labor (logisch). Ich
hoffe, dass ich bei meiner Recherche Fakten aufdecken
kann, die zu berechtigten Zweifeln an Sals Schuld führen
werden und belegen, dass es falsch von der Polizei war, diesen Fall ohne weitere Nachforschungen abzuschließen.

Deshalb wird meine Recherche-Methode sein: Befragung

aller Betroffenen, obsessives Social-Media-Stalking und wilde, WILDE Spekulation.

[LASS MRS. MORGAN NICHTS HIERVON SEHEN!!!]

Das erste Stadium dieses Projekts wird also eine Recherche sein: Was geschah mit Andrea Bell – allen bekannt als Andie? Und wie waren die Umstände ihres Verschwindens? Diese Informationen werde ich Zeitungsartikeln und Pressemitteilungen der Polizei aus der Zeit entnehmen.

[Notier dir deine Quellen gleich, damit du es nicht später machen musst!!!]

Copy and Paste der ersten landesweiten Meldung zu ihrem Verschwinden:

»Andrea Bell, 17, wurde letzten Freitag in Little Kilton, Buckinghamshire, vermisst gemeldet.

Sie verließ ihr Elternhaus in ihrem Wagen – einem schwarzen Peugeot 206 –, hatte ihr Handy dabei, nahm aber keine Kleidung mit. Die Polizei sagt, ihr Verschwinden sei ›vollkommen untypisch‹.

Die Polizei hat am Wochenende ein Waldgebiet in der Nähe ihres Elternhauses abgesucht.

Andrea, genannt Andie, ist weiß, 1,68 m groß und hat langes blondes Haar. Am Abend ihres Verschwindens hat sie wahrscheinlich eine dunkle Jeans und einen bauchfreien blauen Pullover getragen.[1]

Spätere Artikel haben mehr Einzelheiten dazu geliefert, wann Andie zuletzt lebend gesehen wurde, und zu dem Zeitfenster, in dem sie entführt worden sein musste.

Andie Bell wurde »zuletzt von ihrer jüngeren Schwester

---

1 www.gbtn.co.uk/news/uk-england-bucks-54774390 23.04.12

Becca gegen 22:30 Uhr am 20. April 2012 lebend gesehen«.[2]

Dies stimmt mit dem überein, was die Polizei in einer Pressemitteilung am Dienstag, den 24. April, herausgab: »Die Aufnahmen einer Überwachungskamera vor der STN-Bank in der Little Kilton High Street zeigen Andies Wagen um 22:40 Uhr, der sich von ihrem Elternhaus weg bewegt.«[3]

Laut Aussage ihrer Eltern, Jason und Dawn Bell, sollte Andie sie »um viertel vor eins in der Nacht von einer Party abholen.« Als sie nicht kam und auch nicht auf ihre Anrufe reagierte, fragten sie bei ihren Freunden nach, ob jemand wüsste, wo sie sei. Um 03:00 Uhr am Samstagmorgen »rief [Jason Bell] die Polizei an und meldete seine Tochter als vermisst.«[4]

[Diese Stelle scheint mir geeignet, um mein Telefoninterview mit Angela Johnson von der Vermisstenstelle aufzuzeichnen, das ich gestern geführt hatte.]

(…)

2   www.thebuckinghamshiremail.co.uk/news/crime-4839 26.04.12
3   www.gbtn.co.uk/news/uk-england-bucks-69388473 24.04.12
4   Forbes, Stanley, 2012. „Die wahre Geschichte über Andie Bells Mörder", *Kilton Mail*, 29.04.12, S. 1–4.

Holly Jackson
A GOOD GIRL'S GUIDE
TO MURDER
Übersetzung aus dem Engli-
schen von Sabine Schilasky
480 Seiten
ISBN 978-3-8466-0087-0
15,00 €